눈꽃사원

이 창 식 시집

눈꽃사원

이 창 식 시집

국학자료원

서 문

   시의 시작(始作)은 온세상에 대한 언어적 촉수의 발현에서부터다. 시작(詩作)은 인생의 상상학교 핵심과목이 아닐까. 시 만들기는 상상력의 언어놀이인 셈이다. 상상력은 무에서 유를 창조할 만큼 열정이 필요하고, 그 열정을 위해선 여유가 충분히 있어야 하고, 시간과 공력을 스스로 투자하려면 심심하게 잘 놀아야 한다. 감성적으로 놀이할 틈새가 없는 곳에선 갖추기 힘든 값비싼 능력이다. 시인에 있어서 상상력이란 시품(詩品)을 이루게 하는 천부적 능력이라고 말할 수 있다.

   시 농사를 내 나름대로 지어왔다. 시 밭에서 놀이 화두에 미쳐 산 날이 많다. 시 농사의 매력은 삶을 즐기면서 즐기는 여시(餘詩)를 걷을 수 있다는 말이다. 시 짓기의 으뜸은 은유와 역설이다. 은유의 꽃과 역설의 열매를 위하여 시나무를 잘 키워야 한다. 기도정진하듯 물 주고, 때론 목놓아 노래도 부르고 때론 마음 안 별들도 내려 받아야 한다. 시꾼은 그래서 간혹 길 밖에서도 농사 짓는다고 역설로나마 우긴다. 시도(詩道)의 은유화는 미쳐야 절품(絶品)을 얻는다. 시상(詩想)의 역설화는 고독한 마음으로 물구나무서야 고품을 본다.

시집 내기는 시 나락을 시장(詩場)에 내다 놓는 일이다. 언어 시장(市場)에는 흥정도 있지만, 시에 빠져 콩나물 사듯 시를 즐기는 이들이 있어 아름답다. 한 때 시 보부상처럼 시집들을 모으는데 이 장 저 장 기웃거렸다. 소장품 진달래꽃처럼 시집도 국보가 되는 세상도 만났다. 명품 시집 한 권 갖고 싶었다. 누군가에 위안이 되고 즐거움의 선물이 되리라 믿으며 잘 빚으진 시책(詩册)이기를 소망한다. 결국 시집이 시장에 얼굴을 내놓는 순간부터 공공의 자산이 된다. 시(詩)주문한다.

떠나라. 떠나서 마음껏 시밭, 시마을, 시나라, 시눈꽃사원을 누벼라. 스며드는 곳에서 또다른 가슴 시린 시꽃으로 피어라. 싹 트고 싶은 자리에서 흔들어라. 길마다 흔들리며 시시(詩市)하게 놀아라. 때론 시시껄걸 웃어라. 언어의 빛으로 살아라. 부치며 시발(詩發) 살아서 돌아오지 마라. 혹 눈물 자리에서는 고개도 쉬시 숙여라. 또 촛불 마당에서는 아바타로 시킴질도 하라. 그러나 너의 천성을 버리지는 마라. 아무리 다급하더라도 너의 시경(詩經)같은 탄생족보는 이르지 마라. 너다운 시길, 노래길의 여정을 가라.

차 례

3부　소싸움

4부 천지 가는 길

1부

홍덕이 조선김치

홍덕이 조선김치

심양 서탑 노을에 젖다.
끌려온 고난행보 만큼
깊어진 멍든 가슴과 쓰린 전족
불심으로 사하포에 배추 심고
수행하듯 김치 씹어서 달래다.
홍덕이* 네가 있기에
핏빛 하늘 아래 기도발로 용하게 버티다.
홍덕이 김치표 맛으로
청 조선관 깊은 굴레에서 나날이 견디다.
눈물도 때론 소금이 되어
저려진 세월, 눈 감고 싶도록 익다.
홍덕이 김치에는 조선 소녀들 꿈 범벅
짙게 버무려져 혀를 베다.
그 혀끝 가피를 잊지 않으리라.
그 눈시울, 청심양고궁** 담벼락에서 만나다.

* 弘德이 : 봉림대군. 훗날 효종이 청국 볼모시절에 야판전 배추를 키워 김치
   를 담가 바친 나인.
** 2016. 7. 6. 淸瀋陽古宮 답사 / 조선관은 고궁 덕성문 북쪽 200M 지점 추정.

상상학교

겨울 깊은 시간에 드디어 가우디* 당신을 보았다.
비스듬한 쌓기, 기둥의 물구나무서기
하늘빛과 파도자락 동시에 때렸다.
동화 속 도마뱀처럼 놀고 있는 당신,
구엘성채마다 꿈을 품은 당신 생각을 찍었다.
예전 몬세라트 바위산에서 얻은 기도영감,
스페인의 얼굴인 성가족성당**으로 그려내었다.
잠시 당신의 상상학교에서 넋을 놓으며
구엘의 돈과 당신의 치명적인 마음을 읽었다.
카사바트요에 흐르는 바다
산이 춤추는 카사밀라
성가족성당 안에서 갇혀 길을 잃었다.
순간 신비체험이 끝나자 벅찬 빛이 차오르고
내 심연에는 몬세라트 마리아 어머니
관음보살 어머니 겹쳐 들어왔다.
오, 당신의 발칙한 미래를 장엄하게 잡았다.

* 가우디: 19세기말부터 20세기초까지 활동한 스페인 카탈루냐 출신 최고건
  축가.
** 성가족성당: 가우디가 설계한 사그리다 파밀리아 성당 성소(聖所), 2017년
  가족과 함께 1월 23일 바로셀로나 가우디세계문화유산지역 방문.

천은사 가는 길

두타산은 백두대간의 장손이다.
두타산은 절집 한 채 알부도처럼 품고 있다.
절집 극락보전 마음 속 님 뵈러
제왕운기 지고 천은사(天恩寺)*로 간다.
눈부신 절숲 오르는 길에 고려 돌절구,
밑바닥 뚫여 용안당 대장경이 보인다.
다람쥐 두 마리 돌절구 모서리를 깎고 있다.
깎아진 책갈피, 나뭇잎으로 날리고 있다.
고려 하늘이 뚫린 구멍 사이로 다시 보인다.
제왕운기 읽으며 천은사 돌계단을 오르자
나무물길이 물레방아를 돌리라고 한다.
산멕이하던 고려 사람들 풀이 되고
약초 캐던 삼척 사람들 쉬움산 돌이 되어
때론 물이 되어 천은사 고려정원에서 놀고 있다.
제왕운기 붓날이 천은사 깊은 마당을 쓸고 있다.

* 동안거사 이승휴 연고 사찰로 본래 간장사(看藏寺 1304), 이 용안당에서 제왕
운기 집필(2016. 10. 5. 이승휴학술회의 후 신종원교수 등과 답사)

한재밑 흑백사진

정운학 친구를 추모하며

한재밑 바다*로 다시 돌아온 친구야
보는가 듣는가 꿈인가
유난히 사진을 좋아하는 친구야
고향 맹방 그리움 다시 찍는가
어린 날 추억도 찍고 있는가
뭐가 그리 급해
가족 친구 뒤로 하고 서둘러 갔는가.
건축철학을 밤새 얘기하고
성경을 중심으로 한 인생복음론을 토론하면서
멋진 집 한 채 짓겠다는 꿈처럼
서귀포에서 참말대로
아름다운 귤밭집을 짓고서 즐겁게 살던 친구야
늘 주변을 배려하고
다감하게 챙겨준 운학이 사랑표를
우리들에게 소중하게 남긴 친구야
되돌아 보면 눈물나는 날도 있지만
웃으며 행복했던 날을 떠올리게 하는 친구야
영성의 가치를
지인들에게 나누어준 친구야
자네의 숭고한 뜻 아들을 비롯한 가족지인들
미래에로 이을 거라고 다짐하네.

이승의 인연을 여기까지지만
영성의 거룩한 삶이 있지 않은가.
사랑한다 친구야
부디 천국에서 영원의 길 누리시게.

* 2016. 7. 11. 삼척 맹방 한재밀 솔밭에 뿌려지다.

하얼빈아리랑

우덕순과 안중근 의로운 깃발
하얼빈역*에서 더욱 눈부셔라.
코레아스키우라, 대한독립만세
총성의 울림, 지금도 쟁쟁하여라.
형제동지로 함께한 굳은 손들,
동양평화의 가치를 같이하였으랴.
안중근 순국의 꽃으로 피어난 뒤에는
우덕순 희생의 발걸음 늘 따랐어라.
아, 제천 대한의 아들 우덕순 눈길 마음길
저토록 피어나 다시 통일 영웅으로 살아라.

* 안중근기념관(2016. 4. 29. 제천민주평통 방문)

지진알파고

주인님 걱정 말아요, 저만 믿어요.
지진 탓으로 천년고도 첨성대가 흔들려요.
그 밑에는 용암이 끓어요, 괜찮아요.
석굴암 엉덩이가 뜨거워요.
불기운이 군불 지피듯 달아올라요, 일 없어요.
주인님 한숨 짓지 말아요, 저만 믿어요.
안압지도 점차 혈압 올라요.
천둥 번개처럼 달려들어요, 염려 말아요.
주인님, 주인님 살릴 길 있어요, 저만 믿어요.
저는 지구를 지키는 독수리 5형제보다 나아요.
날개도 있고 빅데이터도 있잖아요.
더구나 지구마을 사람들의 기억을 읽어요.
저토록 소탈한 천년 다보탑 옆에서
신라 하늘 땅의 수 읽기를 참 잘 해요.

덴동어미아리랑

봄날 비봉산 꽃잔치 가자던 당신,
당신의 이름에는 놀이판의 신명이 있다.
청실홍실 그네타기의 극과 극,
아주 선명하게 새기다.
예천 하늘 아래 억장이 무너지고
내동댕이쳐진 피멍 든 어린 가슴
어느 뉘 어루만질 것인가.

당신의 이름에는 파란의 물줄기 흐르다.
과부라는 낙인, 북받치는 울음 딛고
상주땅으로 다시 시집가다.
이포 탓으로 경주에서 더부살이 속 꿈
괴질로 거들나다.
억지로 죽지 못한 모진 몸
또 누가 위로할 것인가.

당신의 이름에는 심금이 저절로 연주되다.
남루한 행색,
그걸 읽은 또 다른 얼굴을 만날 팔자 나오다.
황도령과 10년 이고지고 산 나날
무진 애쓴 둘만의 탑, 어느 날 산개락으로 날아가다.

고초의 칼끝에도 베어서 나온 자유의 꽃이 피다.
누가 이 손을 다시 잡아줄 것인가.

당신의 이름에는 삶의 진한 때와 켸가 묻어나다.
엿을 고는 안동 조서방 만나 깨소금 쏟아지자
나이 오십에 아들 낳다.
이도 잠시 수동별신굿 대박타령에 송두리째 사라지다.
깊게 덴 자국에 막다른 골목에 서다.
슬픔의 길에서 슬픔 넘어 거듭 여래로 되다.
아, 누가 이 지경을 전할 것인가.

그러나 당신의 이름에는 삶의 진실을 깨치는 지혜가 있다.
덴동이 어머니라는 명패 들고
고향 순흥으로 연어처럼 돌아오다.
기댈 언덕처럼 눈물까지 보듬어 주는 고향 사람들,
꽃잔치로 그 동안 덴 완장 풀어주다.
화전놀이에서 잃은 길, 다시 보다.
누가 흔들리지 않고 피는 꽃이 없다고 한 것인가.

피재골 단풍잔치

단풍 들어 가을 깊은 피재골,
가는 길마다 초대받아 더욱 눈부시다.
단풍잔치 초대장 품고서
떨리듯 손잡고 인사하며 가다.
마치 축복의 노래처럼 물안개 들리고
오색찬란의 극치에 이르다.
초대해준 님의 길을 따라
열리는 시문(詩門), 단풍잔치 언어가 쏟아지다.
가까이 하기에는 늘 거리가 있었던 님,
이번 초대로 마음이 확 열리다.
어찌 저 단풍잔치 색감세상을 찍으랴.
누가 온통 세면한 님의 얼굴을 그리랴.
둘이 손잡은 것조차 잊고 잔치상에 빠지다.
둘 몸에서 출렁출렁 단풍물이 배어나다.

고묘겐지 절정원

연초록이 어머니치마 물감처럼 짙다.
녹색 별이 쏟아지는 절 고묘겐지*
뒷마당의 툇마루에 앉아
새소리, 초록이끼 노래를 듣다.
간혹 소뿔같은 분홍꽃 뭉게뭉게 춤추다.
나를 그대로 연초록나무가 되도록 놀다.
깊어가는 늦봄,
잠시 걸어온 길 내려놓고 녹색나라에 빠지다.
아내도 덩달아 녹색꿈에 미치고
딸도 저절로 어깨기대어 녹색절이 되다.
셋이 하나인 듯 찰라 속 성불(聖佛) 어머니,
기쁨의 촉수가 바다숲으로 피다.
가레산스이,**
모래바다 속의 깨달음, 말차로 다스리다.

* 고묘겐지(光明禪寺): 후쿠오카 다자이후 텐만구(天滿宮) 가까이 있는 사찰.
** 가레산스이: 물을 사용하지 않은 성소(聖所) 같은 고묘겐지 정원, 2017년 4월
   30일 방문.

평창아리랑

평창에는 강원도 묵은 눈이 내리고
평창에는 메밀꽃같은 눈이 또 내려
눈 속에서 마음불을 밝혀 신나리라.
비탈눈밭에는 감자순도 꿈꾸는데
그 위에서 설피로 걸어서 눈부셔라.
평창에는 오대산 해피700 눈발이 내리고
평창에는 희디흰 떡가루 자꾸 내려
강원도 인심 좋은 사람들 잔치상 차려라.
백두대간 숲마다 겨울새 화답하듯 어울려
설국열차에 눈사람들도 올라타라.
평창에는 강원도 곰삭은 아리랑 눈이 내리고
평창에는 동치미처럼 한겨울에도 아 시원해
농악 맞춰 사냥놀이 무척 재미 있어라.
설국에서 다같이 부르는 평창아리랑
놀이올림픽 축포처럼 세계 눈마을마다 울려라.

이차돈순교비

백률사 절터 대숲에는
늘 희디흰 피냄새가 난다.
그 숲에는 돌로 길을 새긴 이야기나무,
삼라면벽 부처님 분신이다.
목을 버려 오히려 영생을 얻은 사람*
때로는 소중한 걸 버릴 때
더 나은 세계를 밝히는 길이 되는 법.
피에타 젖처럼 하늘에 솟은 사람
눈부시도록 꽃비가 되었다가
돌비에 찍혀 다시 불향(佛香)을 피우는 법.
꽃다운 나이에 꽃보다 더 아름다운 사람
신라 서라벌 부처님 나라 일궜다가
장엄한 소멸도 거듭 생명나무로 사는 법.
백률사 절터 대숲 깊은 데에는
목 하나 떨어져 젖냄새 짙게 난다.

* 이차돈순교비: 본래 경북 경주시 동천동 소금강산 백률사(柏栗寺)터에 있었
던 것인데, 현재는 국립경주박물관에서 보관하고 있다. 높이는 104cm이고,
면의 너비는 29cm이다. 백률사석당기(柏律寺石幢記), 이차돈공양비(異次頓
供養碑)라고도 부른다.

오래된 마당

인도 함피 비탈라사원

두 마리 코끼리로 전차를 끌었네.
내가 코끼리를 어루만지자
라마야나 서사시* 비슈누신을 만났네.
비탈라사원** 오래된 마당에서
링가와 요니로 태어난 아이들
물고기떼처럼 조르르 나타나
여러 시늉의 아바타가 되었네.
내가 아이들 속에 파묻히자
인도 함피 녹색겨울 속으로
간디전차를 신나게 몰았네.
찰라의 웃음, 오래된 눈물 겹쳐
비자야나가르왕국 비탈라사원 마당,
그 오래된 미래 아이들과 만났네.
순간 두 마리 코끼리 안으로 들어왔네.
겨울 속 흰꽃나무 우르르 흔들렸네.

* 산스크리트어로 "라마의 여정"이란 뜻으로 신들을 위협하던 무적의 악마 라
바나를 퇴치하기 위해 비슈누 신이 여섯번째 화신으로 환생한 인간 라마가
악마를 무찌르고 사랑을 쟁취하는 용감무쌍하고 스릴 넘치는 과정을 적은
무용모험담이다.
** 남인도 함피에 있는 세계문화유산 15~16세기 사원(2016. 2. 16. 답사)

목어루木魚樓

눈발에도 눈 뜨고 가라고
어둠에도 눈 뜨고 살라고
겨울 절집 물고기* 속 깊게 울다.
울음 따라 눈밭에 어머니 다녀 가신 듯
물고기 문양 또박또박 찍히다.
간밤에 지워진 얼굴 다시 보다.
아프고 슬프고 왜 눈물 나는지
폭력 끝에 마구자비로 묻힌 사람들
폭설 속 그들의 길은 지워졌지만,
눈 뜨고자 다시 길을 나선 사람들 위해
선명한 물고기 두 마리* 행방
여전히 절집 부처님 눈매에 만나다.
물고기 울림으로 발심하여
온누리에 새해, 눈부신 소리 공양,
물고기의 간절함 담아내다.
그 울림, 절집 넘어 산문 마루턱 넘어
핏발 지우고 날선 핏대 잠재우고서
진정 마음의 눈 뜨기를 바라다.

---

* 목어설화: 스승의 깊은 선정(禪定)에 비친 제자 모습-등에 나무 진 물고기-을
수륙천도재 해준 이야기.
** 오병이어(五餠二魚)설화: 떡과 이크수스라는 하찮은 물고기로 이적을 보인
이야기(마태복음).

삼척아리랑

두타산 천은사는 이승휴* 떠올려
백봉령 구름에다 아리랑 새기나
천은사 범종소리 오십천 흐르고
천년의 이야기에 불타는 바다여

쪽붓 찍어 그은 해안선 너무나 고와라
사랑님 늘 찾아오시는 내 고향 삼척항

두타산 천은사는 제왕운기 떠올려
오십천 물결에다 아리랑 띄우나
죽서루 높아지면 마음도 깊어서
천년의 서사시에 울리는 산하여

동해 태양 넘실거리며 힘차게 솟아라
사랑님 늘 찾아오시는 내 고향 삼척항**

* 이승휴: 동안거사, 제왕운기를 삼척 천은사에서 집필
** 이 시는 삼척 가곡 병풍바위등산로에 목비(木碑)로 새겨짐.

소나무 아우성

가을 뜨락 깊어가는 날,
속이 깊게 아파
더 참을 수 없어
손끝 조금 누렇게 보인다.
드디어 물 주고 손을 댄다.
사랑의 손이 아닌 기계로
어루만져 준다는 핑계로 마구 판다.
무작정 찌르고 바른다.
치료라는 이름으로 길을 잃는다.
나를 울게 한다.
피멍울지도록 울음 떨군다.
심을 때 정성 좀 다하지.
이제 와 살려 주겠다고 야단이다.
늦가을 한가운데 서서
다시 살려 주겠노라고 달려드는 손들
더 이상 따스한 온기가 없어
나는 소나무답게 천천히 죽어가며
피울음의 아우성 깃발이 된다.

사뇌가

연장론

깨달음의 줄다리기
밀고 당기고
그 끝에 폭죽처럼 터지는 절정
끌려가고 다시 끌고오고
오묘한 줄겨루기
그 끝에 하나로의 열정
절제할 겨를도 없이 터지는 분수
쾌감의 태극기 휘날리며
뜨거운 여름 속 줄다리기
사랑의 만세 일월의 만세 현장.

임원리

동해 인연 꽃으로 오소서.
1914년 11월 그 날의 함성*에는 해당화가 핀다.
마을마다 집집마다 끝 없는 울음소리
누구나 할 것 없이 조선낫과 갈구리를 들고
새날의 남화산 아침을 위하여
징을 두드린 소리가 들린다.
그대들의 용솟음 쳤던 외침
그대들의 핏발선 분노의 눈동자
임원리의 서슬퍼런 꽃이고 거센 파도였다.
그 날 민족사의 불꽃
삼척 사람답게 거세게 지폈다.
일제 부당측량에 맞서 승리깃발 드날리며
동해 임원항 희망의 닻줄 올렸다.
그 날 그 절체절명의 순간에도
막연한 안일보다 질풍의 대동정신으로
주먹 붉게붉게 움켜 쥐었다.
그 날 그 아침 이후
임원리 바다도 붉게 불탔다.
혹독하게 쓰러지는 절망 속에서도
전의로 이글거리는 가슴 불심으로 다독이면서
항거의 깃발 아래 임원아리랑을 불렀다.

그대들은 이사부 장군 후예처럼 일당백으로
때론 소공대비에 새긴 붓날의 힘으로
푸른 민족사의 한 페이지에 당당하게 섰다.
지금도 그대들 핏빛,
임원리 바닷가 해당화처럼 붉게 불타고 있다.
아직도 부처님 가피의 문턱이 낮은 탓인가
후손된 자의 도리를 다 못해
그대들 크게 부르지도
더구나 다같이 임원아리랑도 못하나니.
그러나 이제 한 번쯤 그대들 오셔 웃으시며
영원히 불성(佛性)으로 사는 그대들과
이를 지키려는 우리들 하나 되게 하소서.
우선 수륙재아리랑으로 넋을 부르나니.
남화산 길 해당화보다 더 붉게
삼척 임원리 환생 꽃으로 오래도록 깨어나소서.

* 일제강점기 강원도 삼척 원덕읍 임원에서 일어난 농민항쟁사건(2014. 11.
  22. 현지조사).

이승휴특강

초여름 죽서루 뵈는 박물관 강의실
이승휴 애인 죽죽선 삼베치마와 모시적삼 입고
실쭉 웃으며 달보 진시처럼 앉아 있다.
젖통 크게 키우고서 열심히 적는다.
천은사 산문 밖 바람 고려풍으로 불자
비릿한 젖냄새 오십천을 급하게 탄다.
죽죽선 눈웃음에 연신 얼굴 붉히며
이승휴 걷던 길이 죽서루 절벽을 뚫는다.
죽죽선, 얼른 강의 끝내고 배 띄우고 놀잔다.
웃기게도 이승휴 흉내로 그녀의 술잔에 젖는다.

에르덴조아리랑

간조르 담조르*를 마음에 품고 가다.
초원 속의 절성(城) 마당, 여름 별꽃 피다.
그 안에서 현재 또다른 현신 어머니 만나다.
대장경 말씀이 마구 쏟아져 내리고
초원에 꽃별들 저마다 빛나는 에르덴조**
간절함을 넘어 불성(佛性) 어머니 세상을 보다.
황금색 무지개길을 넘어서 온 비몽사몽에도,
초원실크로드 에르덴조 법당에서 다시 나를 새기다.
초원성벽 속의 연꽃 모양의 절집,
그 절지붕 꼭대기에 지혜를 진 코끼리 두 마리,
마치 과거와 미래의 어머니 잇듯이
나와 동행하겠노라고 내려와 초원을 걷다.
아, 어머니부처 사랑이 초원의 향기가 되어
길마다 눈부시도록 푸르게 아주 푸르게
몽골리안로드, 앞길을 닦아 나를 품고 가다.

* 간조르 담조르: 간조르는 불경, 단조르는 천문학 등 여러 학문을 기록한 경전
으로 몽골인류문화유산이다(2015. 7. 28. 연구소 방문).
** 에르덴조: 몽골 카라코럼(하르허린)의 큰 절집의 이름은 '에르덴조'이다. '연
꽃 속의 보석'이란 뜻이다(2015. 7. 29. 사원 현지답사).

설문대할망 아리랑

누구나의 어머니가 만든 아바타,
제주돌문화공원에 가면
세상에서 가장 커다란 어머니를 만날 수 있으리라.
그래서 설문대할망, 당신의 이름에는
제주도 한라산의 높이와 제주바다의 깊이가 있으라.
게다가 당신의 손길로 천둥과 번개도 잠재우고
엄청난 파도와 홍수도 잠재우고서
저토록 아름다운 섬 속의 탐라를 보이셨느니.
또 당신과 더불어 살아온 우리는
당신 솜씨의 느낌표로 깨닫느니.
아하 설문대할망, 당신 안으로 가는 올레 위에서
만년의 기억을 꿈처럼 다시 한 번 되살리며
삼라우주도 우리와 숨쉰다는 것을 일깨우나니.
당신의 너른 품 안에서 거듭 만년의 잠을 위하여
당신이 어루만져 주는 할망아리랑을 들으면서
제주도 오래된 미래 마당에서 헤엄치나니.
누구나의 본풀이 어머니, 설문대할망이여
늘 눈부신 섬에서 아바타 크루즈로 움직이소서.

2부

눈꽃사원

눈꽃사원

하얗다 못해 희다의 모든 것이다.
백색테러가 눈(雪)을 부서 꽃절이 되었는데
황금색보다 더 순결하다.
짜럼차이* 어머니 죄값이
저토록 순백색으로 씻겼구나.

흰돌이 흰물고기를 낳고
흰거울이 흰하늘을 낳고
찾아온 이방인도 희게 낳기에
은빛판에 어머니 이름 적어 걸다.
흰우주나무에 이제 어머니가 사시는구나.

부처님 뜨락에 하얀 얼굴 어머니,
흰 미소 머금고 다시 만날 날 기약하고서
돌아서 나오는데 흰코끼리떼 따라 오다.
그 중 새끼 세 마리만 데리고서
흰색 열차, 흰색 비행기**에 올라 황홀하구나.

* 짜럼차이: 치앙라이 출신 예술가, 어머니 현몽으로 전재산 바쳐 1997년부터
  눈꽃사원 건립 진행.
** 태국 치앙라이 왓렁쿤(2014. 12. 26. 현지여행)

송화사아리랑

노목길 골짜기에 물살 청정신록 그리다.
당신이 있었기에 올곧게 꽉찬 골안절,
면벽에 시조시장경* 저절로 소리를 부르다.

산문 밖 문이 없는 곳**에도 당신 있어
누구나 여법희열 송화사 풍경 되다.
근기로 아리랑경전 갈피마다 살아나다.

끄달림 씻고 씻어 낙뢰목*** 불꽃 하나
탑그늘 속 불도화 저절로 등휘게 틔우다.
아리랑, 아 염불하자 당신 눈매 잎잎잎.

* 時調時藏經 : 제천 송화사 경암 큰스님 시조집.
** 無門이 門임을 : 경암 큰스님 법문집.
*** 낙뢰목의 여진 : 경암 큰스님의 첫시집.

오래된 놀이

봄에는 아래에서부터 진달래 붉게 타오르는 산
가을에는 위에서부터 단풍잎 붉게 타내리는 땅,
붉은 악마 기운으로 조금씩 녹슬었던 땅금 지운다.
하나된 몸짓으로 손에 손잡고 통일나무 심듯이
한라에서 백두까지 통일대박 지도를 다시 그린다.
등고선을 지운 지도 위에서 붉게붉게 한맘으로
서로 위로하며 한겨레아리랑을 목놓아 부른다.

서울에는 한강이 흐르고 평양에는 대동강이 흘러
일흔의 분단 고개와 팔도의 절벽을 넘어서서
붉은 악마 함성에 힘입어 큰바다에서 함께 만난다.
하늘 닮은 깃발 다같이 들고서 통일숲 가꾸듯이
천지에서 백록까지 통일대박 꿈을 밝게밝게 펼친다.
수계선까지 지운 지도 위에서 오로지 한뜻으로
서로 소통하며 큰나라아리랑을 목청껏 부른다.

우리 지도 꼭대기에 제주도를 거꾸로 올려놓고
팔천만의 흰 종이학을 위로는 오대양에 띄우며
붉은 악마 이름을 통해 아래로는 유라시아길로 달린다.
오래된 흰옷 다같이 입고서 통일길 활짝 열듯이
광개토대왕비에서 대마도면암비*까지 통일대박을 합창한다.

경계선까지 지운 지도 위에서 즐겁게 한손으로
서로 격려하며 대통일아리랑을 신나게 부른다.

* 면암 최익현(崔益鉉, 1833~1906) : 유학자로 7 4 세에 항일의병을 일으켰다.
  그의 순국비(殉國碑)가 유배갔던 대마도 이즈하라의 수선사에 있다.
** 등고선: 等高線, 수계선: 水界線, 경계선:境界線

너머탕실*

봄날 산벚꽃 늘어진 시비에는
〈가곡천의 여울물소리〉가 흐르다.
시비 곁에 시인과 나란히 앉아
시인의 어릴 때 가무잡잡한 가시나,
마을섬 솔숲 속 가시나를 떠올리다.
나도 덩달아 벚찌 함께 먹던 가시나 불러오다.
그 곳에서 바라보는 너머탕실 시인 옛집,
안방에는 시인의 노모가 세월꽃잎 떨구다.
나도 문득 노경리 꽃무덤 속 어머니를 그리다.
산벚꽃 꽃잎 날리는 시비에는
봄날 물소리와 겹쳐 사람 냄새 나다.
꽃향, 모향(母香) 탓에
시비를 닮은 시인의 얼굴에
파란곡절의 꽃잎, 문신처럼 연분홍색이다.
시비에는 꽃잎 띄운 모천(母川) 흐르다.
시꽃도 때로는 그렇게 피어서 흐르다.

* 너머탕실 : 삼척 가곡면 면소재지 가곡천 여울굽이마을, 가촌(佳村) 이용대
  시인이 사는 곳.

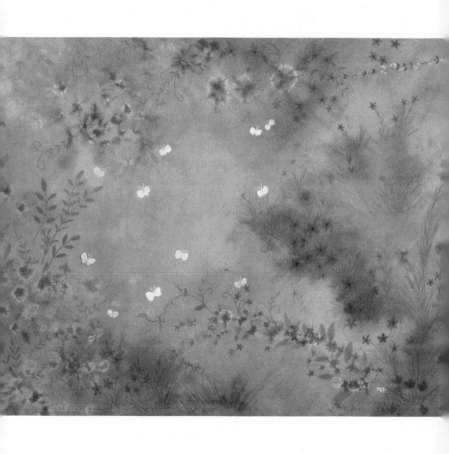

첫사랑 죽서루

줄줄 죽서루 이름으로 된 것은 젖고 있다.
줄줄 겉과 속이 젖어 하나다, 결국.
줄줄 새는 곳마다 싹을 틔운다. 줄줄
줄줄 사춘기에 젖은 속옷 여전히 줄줄 젖고 있다.
줄줄 줄기차게 맞는 죽서루 지붕,
줄줄 줄기차게 찾아온 죽서루 아래 사랑
줄줄 가고 오는 사람들 속 그녀,
줄줄 죽서루 난간에 기대 줄줄 짜고 있다.
줄줄 다시 빗줄기에 싹을 틔울까.
줄줄줄 여전히 그녀의 속옷도 젖고 있다.
주울주우울 또 비 속에 나도 젖고 있다.
주우줄 죽서루의 기억도 줄주울 젖고 있다.
줄주우울 빗물로 다시 만나고 싶은 첫사랑.

수로부인공원

수로부인공원에는
분명 미친 사내가 있다.
뭐라 해도 장자방이다.
머리 속 덩먹 뼈 속 숭숭
할 정도의 최고절정
누가 이토록 보내주었는가.
뭐라 해도 절대명품이다.
온몸 전율 마음 폭주
하나로 통하니 멋이 있어
노옹처럼
더 이상 이름표가 없는가.
삼척 임원 바다산에
어허타 길은 다른데 조금조금
같은 길을 가는 얼간이들이 바보다.

한재폭설

오늘 눈이 또 땅을 덮는다.
덮어야 별 반응이 없는 줄 알면서
소리없이 내려 모든 것을 덮는다.
이 덮인 산하에서
그대에게 이르는 길은 눈부시다.
건강하며 더욱 빛이 난다.
지혜로와 늘 즐겁다.
꿈꾸는 나무처럼 웃는다.
겨울 추위에도 뜨거운 화로의 맛이 있다.
척 알아듣는 일체동감에 신난다.
그러나 그대 마음에 닿는 길은 몽롱하다.
진정 이게 사랑의 길인가.
무언으로 이 길을 눈이 덮는다.

바보그림

바보 산수화 보러 간
봄날, 운보집* 마당 마루에서
방귀 한 방 터지자
온갖 분재들이 일어서다.
연신 바보하며 자지러지다.
그런데 한 꽃나무만 보지러지다.
운보 방귀냄새 상기 남아
싱거로운 그림되어 말을 건다.
아뿔싸 방귀소리 전혀 듣지 못하고
더구나 천둥소리 눈치채지 못하고
때론 덩달아 마음으로 느끼는구나.
간혹 방귀도 바보그림으로 듣는구나.

* 충북 청주시 운보 김기창 문화재단, 운보미술관

두보아리랑

두보, 당신의 이름으로
당신의 시를 잔잔히 때론 느리게 읽었는데
불심가피처럼 여름 길 위 내 마음 안으로
시신(詩神)을 깊게도 영접하였네.

두보, 당신의 이름으로
당신이 태어난 고리(故里)*를 걸었는데
무애무념처럼 뜨락 석류 몇 알
시가 되어 나에게 아리랑으로 들렸네.

두보, 당신의 이름으로
당신의 어릴 적 모습과 회후(廻後)하는데
이심전심처럼 떼구르 굴러온 시 한 장
그 속으로 들어가 당신과 하나 되었네.

* 중국 하남성 정주시 시성 두보 고향(2014. 8. 25. 답사)

놀이의 오르가즘

사랑의 기적, 폭탄이다.
때론 뇌관처럼 터진다.
사랑도 위험 경고등이 켜진다.
터지면 뼈 속부터 아프다.
천상 사랑, 영원한 줄 착각하며
언제 터질지도 모른 채
함몰되어 오래 빠진다.
그래서 사랑은 잔인한 짐승인가 보다.
아리랑, 댕댕이 사랑도 외줄 타듯
곡예의 미학으로 봄날처럼 불러야 한다.

텃밭

고맙다고 채소 곡식은 연신 반가반가
싫다고 잡초는 자꾸 엉켜 붙는다.
그래도 뽑아줘야 직성이 풀리지.
성큼성큼 자라는 친구들 보며
세상 이치를 다시 성찰하는 아침.
챙겨야 할 대상, 어루만져야 할 이웃
조금만 한 눈 팔면 잡초 마수에 걸려
나를 애타게 부르고 불러 목쉬지.
오라비, 부르듯 사방에서 나를 기다린다.
혹 독초 땜에 신음하는 삼라존재를 사랑해야지.

나의 기타

내 손끝에서 터지는 음색
너의 색색마다 전부다.
사랑 소리보다 더 강한 울림,
내 전부가 들어가자 뜨겁게
순간의 증발, 폭발광란
내가 지워지고 너의 비밀이 연주된다.
별 어디에 있던 노래 세포가 얼굴 내밀어
널 오래 멀리 그리고 자꾸 미치도록
영혼줄을 흔드는 난 누군가.

애인

길 위에서 그대를 그리워하여
마음 한 켠 휑하니 비웠소.
절경 금각사 눈부심에도
풍경 위에 그대 겹쳐
상상 사진 한 장 찍었소.
기온마쯔리 거리의 추억에도
기모노 입은 그대 떠올려
잠시 축제의 주인공이 되었소.
쿄토박물관 앞 그림같은 집,
동백 핀 정원 바라보며
예술품 같은 스시상차림 받아
더욱 행복한 날,
그대 따라온 줄 알고
잠시 혼줄 놓고 무념의 길을 누볐소.

큰소나무

당신의 열정,
온힘으로 베푸시어
위세광명* 인연들의
영원한 소나무**가 되신 큰어른,
기억의 역사로 되새기네.

당신의 숭고,
지금 누구나에게
소나무숲 위의 별처럼
따스한 미소로
또다시 오래 환하게 비추시네.

당신의 소망,
미래 인재 보금자리 세명대학교에는
당신 꿈이 푸르고 영글게
금강송***으로 자라고 있어
길이길이 눈부시네.

* 爲世光明
** 民松─설립자 권영우박사
*** 金剛松

칠지도七支刀

당신 백제 손길 보다.
당신 소리 낼 때마다
당신 색감과 하늘빛 보다.
당신 몸에 새긴 글문신,
당신 이름*을 달고 있다.
당신 스스로 말을 거는데
당신 실체를 그 사이 보지 않다.
당신 음성에도 귀막다.
아아아 당신의 사랑 당신의 믿음
당신으로 인해 여름 속의 지혜 만나다.

* 칠지도: 일본 나라현 석상신궁 보관, 2014. 7. 22. 답사

죽서루연가

청춘마고에게

봄이 와서 놀잔다.
스무 살 새내기로 돌아와
내 강의실에 얌전히 앉아
죽서루 난간 봄 속에 같이 놀잔다.
폭풍애인인가. 마고어머니인가.
분간조차 어려운데
야한 옷 입고 분홍색 입술 바르고
1976학번처럼 앉아 놀잔다.
죽서루 봄빛 속에 눈부셔
배시시 배시시시
더욱 애절하게 바라보며 놀잔다.
불장난 아니라며 진지하게 놀잔다.
깨차 녹차 자꾸 마시며 놀잔다.

옥소玉所를 위한 풍류시조

가을볕 백취옹*께
올리는 예술잔치,
청풍강 굽이굽이
옥소산 뭉게뭉게
간곡히
잔 올리는 뜻 감응으로 통하소서.

* 백취옹(百趣翁)은 권섭―18세기 시인―청풍호 옥순봉 묘비에 새겨진 필명.

김구 어머니

초록 진한 초여름, 어머니 잠시
2013년 6월 향불 따라
조국 산하를 두루 돌아보았어요.
어머니, 제가 그리는 대한민국
드디어 세계 아홉째 강국이 되었어요.
감개가 봇물처럼 터졌어요.
마곡사 머문 이후
과거는 눈물의 폭풍 길이었어요.
그 긴 이국 파란만장(波瀾萬丈)에도,
아들 무탈을 부처님전에 빌면서
허기의 빙벽을 올랐지요.
곽낙원(郭樂園),* 당신 이름처럼
미래의 불국토를 꿈꾸었지요.
어머니의 믿음 대로
보리 팬 옛길은 힐링로드**로 통해요.
그런데 어머니, 통일 조국이 아니어요.
다시 힘을 모아야 〈나의 소원〉처럼
문화로 치유하여 통일할 거예요.
초록 철철 속에 무궁화가 피어요.
무궁화 꽃심 불심 인심에
세 살 아들로 돌아가고 싶어요.

어머니, 저도 한류스타이고 싶어요.

* 백범 김구의 어머니(1859~1939)인데 여류독립운동가다.
** ≪백범일지≫ 문화봉사 참조.

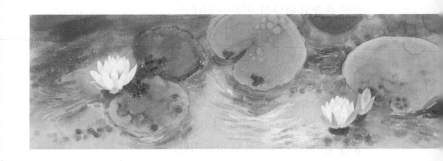

칠석제

견우직녀 둘은 은하수 하늘길 걸어요.
북두칠성 기운 뭉치고 뭉쳐
한결같이 기도등불 두루 밝히고,
견우는 일찍 예감한 길처럼
지고지순한 사랑 활짝 펼쳐 보여요.
직녀도 미리 점지한 별을 따라
정성스런 마음, 환하게 열어요.
서로 바라보아도 웃음이 머금고
거듭 손잡고 하나의 힘을 드러내요.
아름다운 이야기 꿈길마냥 나누며
다시한번 감성의 연인으로 다짐해요.
둘이서 칠성에 은혜에 감사하며
배려와 소통을 다시 깊이 새겨요
둘만의 약속, 오래 마음에 담고요.
잠시 떨어진 사이 빗물도 만들지만,
까막까치 다리 다시 이은 세상에서
때론 슬픈 눈물바다 이겨내고서
인연의 진정성을 소중하게 느껴요.
아 이따금 한 몸의 격렬한 절정,
겉속 하나의 궁합에 마음껏 기뻐해요.
오직 사랑과 믿음 따라 연인 되어

우주 한 치 키우는 하늘마당에서
늘상 칠자(七字) 행운의 길 열어요.
견우직녀 둘은 하나처럼 하늘길 걸어요.*

* 2012년 8월 24일 연인의 날(음 7월 7일)에

3부

소싸움

어깨동무

배 한 척의 오페라하우스,
한 쪽은 흰 조개 모양
다른 쪽은 남태평양 과일 한 조각 모양
여러모로 봐도 바다의 탑을 닮았다.
누가 아름다운 항구*에다 오페라배를 띄웠는가.
멍멍한 상상력 속에
또 다른 배 한 척 다가왔다.
아들과 나란히 그 상상력의 배에 올랐다.
긴 여행처럼 깊게 빨려들었다.
눈이 부신 초겨울의 역설 속에
시드니항 비췻빛 냄새에 취했다.
오페라하우스 밖에서 또다른 배로 만났고
오페라하우스 안에서 또다른 배가 되었다.
그 황홀한 연주의 힘을 통해
아들과 내가 하나가 되어
소중하게 오페라주인공으로 열연하였다.
아들도 나를 노삼아 연주하고
나는 아들을 돛삼아 춤추었다.
우린 그렇게 시드니 오페라하우스를 지고
어깨동무하며 귀환하였다.

* 2013. 7. 23. 호주 시드니 방문

바둑학

바둑을 둔다.
무념으로 둔다 하면서도 집착한다.
그러다 패착한다.
가볍게 둔다 하면서도 목숨건다.
그러다가 길을 잃는다.
발빠르게 둔다 하면서도 욕심을 낸다.
그러다가 바둑돌을 울게 한다.
피눈물 흘리며 징징거린다.
바지가랑이 잡고 악을 쓴다.
후벼파며 마구 운다.
그렇게 막장드라마같은 돌로 취급한다고
그렇게 애지중지하던 돌을
그렇게 다루면 되냐고 대든다.
잘 두고 잘 놓는다고 할 땐 어젠냐고
마구 달여 든다.
배신, 야비, 억지 그런 말이
바둑판을 덮는다.
변명할 순간도 없이
바둑돌이 내 마음에 깊게 날아와 박힌다.

여신 시마우타

슬픈 여름 바다*에서
뜨겁게 녹아있는 유구국 소리를 듣는다.
사미선에 맞춰 부르는
시마우타, 다시 들으며
사탕수수의 역사만큼
전쟁의 바다를 기억한다.
분명 여신의 아리랑이 있다.
잠자던 여신을 깨우면서 나를 돌아본다.
황석영이 살려낸 여신 심청,
섬 어부들 안전을 비는 지사이로 남았구나.
아픈 여름 밤바다 위의 별들이 아리랑이다.
이처럼 시마우타를 부르는,
바다 건너온 노로도 죽고
섬을 지킨 유타도 죽었구나.
그래도 심청의 희미한 그림자를
뜨거운 섬 여름 속에서 찾는다.
아마미 안 가케로마 스코모마을,
그 곳을 안내한 58살 여인 가오루,
눈가장자리가 글썽거리는 얼굴에서
심청의 깊은 마음을 다시 읽는다.
배 위에서 춤추는 나를 본다.

별들이 딱지처럼 달라 붙는구나.

* 2013. 7. 5. 일본 가고시마 도쿠시마 가는 페리호에서

84 눈꽃사원

마타내타 호비톤hobbiton movie set

반지의 제왕 마을은 목장 초원이다.
톨킨이 지워지자 호빗 속의 집과 길,
나를 영화 속으로 밀어넣다.
아들과 걸으며 나무가 되기도 하고
배우가 되어 잠시 피터 잭슨을 만나다.
햄을 잘라주는 엘리스,
그녀를 따라 잠시 동심과 놀다.
아들도 연신 그림 속에 빠지다.
삶의 길이 이토록
영화 속 꿈결의 간달프만 같다면
여행이 이토록 호빗 같이 살 수만 있다면
상상력은 인류의 감성마약 아닌가.
여름에 낀 초겨울 목장 속의 호비톤*을 걸으며
신과 인간의 소통을 꿈꾸다.
아들의 상상력도 뛰는가 보다.
환한 아들 얼굴에 호빗들의 마을 초대장을 받은 듯
맥주를 흘러보내자
호비톤 소나무처럼 기운이 뻗쳐 오르다.
둘의 모습, 초상화처럼 그 곳에 두다.

* 2013. 7. 21. 뉴질랜드 반지의 제왕 촬영장에서

정조 어머니, 혜경궁 홍씨

어머니 회갑상 받으소서.
궁궐 뒤주의 어둠 털어내시고,
자궁가교 타고 먼 길 오셔 아버지 만나듯
오늘처럼 늘 오래 기뻐하소서.
무탈하게 아들 용상에 앉게 하려고
부처님 전에 수륙재(水陸齋) 올리듯
지극하게 챙기고 또 챙기셨지요.
온갖 감언이설에도 오직 아들 지키고자
안으로 울음 삼키시면서
왕도의 집 한 채를 지어주셨지요.
보세요, 생시인 듯 저기 까치 울음,
들리세요, 당신 덕에
내 아들 살려 기쁘다는 울음,
술 한 잔 받으셔 두 분 화답하소서.
당신이 쓴 비망록엔 핏물이 흐르지만,
이 아들, 용주사 부처님 자비로 용서하지요.
막상, 어머니 회갑잔치* 열어보니
저어기 화성 밖 만백성도 노래로 즐깁니다.
이 만세법열(萬世法悅) 꼭 남기지요.
어머니, 천수만수하소서.

소백산 추동기 錐洞記

산수유 무더기 핀 외딴 집
홀어머니와 외아들 서로 나직한 목소리로
떠나거라 아들아, 세 번 권하다
어머니, 떠날 수 없다고 세 번 사양하다.
불사(佛事)에 솥까지 시주하고
어머니에게 솥 대신
기와(瓦盆)로 밥을 지어올리다
어머니 마음을 헤아린 아들 진정(眞定)*,
결국 태백산 의상대사에게 안기다.
어머니 돌아가시자 아들 가부좌로 선정 들어
어머니의 깊은 데를 깨닫다.
진정의 어머니를 위한 스승 의상대사 사제동행,
소백산 추동 화엄대전(華嚴大典) 강론하다.
끝나자 아들 진정의 꿈에
어머니 나타나서 나직한 목소리로
나는 이미 하늘에 태어났다(我已生天矣)라고.
지금도 소백산 영춘 비마루사지**에는
초파일마다 풀등 하나 달고
가부좌 튼 석불, 눈물 흘러내리다.
산수유 꽃등도 함께 골짜기 가득 환하다.

* ≪삼국유사≫권5, 효선, 진정사효선쌍미(眞定師孝善雙美)에는 신라 진정법
사의 효심과 어머니 귀천 이야기가 전한다.
** ≪단양 남한강 민속을 찾아서≫(이창식, 대선, 2004, 16쪽)에는 의상대사가
세운 절로 해인사에서 철마를 날려 떨어진 곳이다.

쌀학

볍씨 나들이

너의 얼굴이 어둠과 흙물을 먹을수록
열 배 백 배 나락이 쏟아지나니
열정의 끝자락에 알토란 같은 너가 있다.
누가 처음 너의 창조를 알렸는지
뜨겁게 뜨겁게 논쟁하는 자리에서
밥알이 튄다. 너의 알몸이 날아다닌다.
너의 얼굴에서 어디선가 오는 빛이 있고
너의 만질 수 없는 숨결에서 본 듯한 신이 있다.
다시 사람들과 함께한 역사를 따지는 자리에
진정 너가 없구나,
없기에 논놀이가 재미 있다.
너의 허상만이 가부끼가 되어
때로는 나경이 되어 혓끝에서 논다.
너를 데리고 노는 내 마음의 한켠에는
나락의 논들에 가을이 한 치씩 높아간다.
너이 이름만큼 빛나는 인문학의 입맛이여.
밥맛의 거룩한 성찬이여.

줄타기

얼쑤 공중에 걸린다.
솟아오른다, 새처럼 가뿐히 솟아오른다.
셰르파 없이 산을 오르듯
자네는 누구의 도움도 없이
줄 위로 오르지만
줄 위는 자네의 눈부신 비행접시,
호박같은 사람들이 자네와 통신한다.
뛴다, 두 번 세 번 뒤틀어 뛴다.
저기 한 점과 반대에 마음끝 점,
아슬아슬 길이 난다.
점과 점을 이은 줄마당 길마당
줄을 데리고 노는 자네의 여유,
여유 속에 감춘 초절정의 긴장감
보는 사람 손에 물이 흐른다.
재담이 끓는다, 공중 냄비가 끓는다.
박수가 통째로 공중에 박힌다.
자네는 부채를 장대처럼 휘저으며,
한 세상 공중에 선다.
어얼쑤 입꽃도 공중에서도 피는구나.

소싸움

당신 뿔 닿는 데마다 피가 튄다.
당신 존재감, 살아온 이력마다 불을 뿜을수록
막다른 절벽, 돌아갈 수 없음에
당신 쏘는 눈길에 살기가 돋는다.
당신 발로 버티는 동안,
절벽 관중석에서 오히려 희열이 낭자하고
짐승다움의 깃발이 솟아라.
악마의 함성이 폭주처럼 터져라.
축제의 강물에 허우적거려도
당신의 힘줄로 신화의 주인공이 되는구나.
당신은 악마표, 가슴으로 지피는 분노 땜에
긴장과 열반 사이가 오히려 장렬하여라.
꿈결같이 경계를 넘어서게 하는 힘,
무엇이 이 처절의 뿔을 기억하는가.
당신과 나 싸움소라는 이름으로 불리자
적수로 맞서는 나도 한결 가볍구나.
당신은 나 때문에 진정 살아있음을 느끼듯
나 역시 당신으로 인해 살맛을 누리는구나.
치우의 본능으로 뿔이 성을 내는구나.

소꿉놀이

소꿉놀이를 하다가 선산으로 가셨다.
조선낫으로 막찍어 기둥 세우고
흙물로 뺑끼칠하며
손이 수세미처럼 거칠어셨다.
비틀어진 나무쪼각 주워 집짓고
부스러진 벽돌, 조각내어 부뚜막 만들고
지어야지 지어야지
착맞는 보금자리 만드셨다.
으깨진 사금파리 모아 국그릇
흙 모래 한줌으로 밥 한사발
풀 뽑아 버물인 반찬거리
납작한 돌맹이 위에 차린 상,
부러진 나뭇가지 젓가락
먹어야지 먹어야지
오순도순 알콩달콩 깨소금 쏟어셨다.
우렁각시 맘으로 삼베 조각보 옷도 짓고
꺼멍으로 땡땡이무늬도 그려 넣으면서
입어야지 입어야지
콧노래로 낡은 풍금소리를 내셨다.
그러다가
아기똥풀 피던 봄날, 소꿉놀이를 접고
또다른 신선놀이 하러 머얼리 가셨다.

지게놀이

십자가 지게에 지고 들꽃으로
소문없이 쉬쉬 산 이들이 있다.
제천시 봉양읍 구학리 배론에는
시대를 넘어서서 늘 꽃 몇 송이 피어 있다.
꽃송이마다 아픈 목소리가 빛깔을 만들어내고
옹기그릇마다 하늘물이 들어와 앉아 있다.
옹기 지고 가다가
벗어던진 지게, 다시 꽃나무로 자란다.
누굴 생각하며 꽃물로 익어가면,
배론 아침녘에 가서 마당에 핀 꽃을 꺾어라.
꽃도 때론 백서가 되어 마음을 흔든다.
늘 더불어 기쁘게 살고 싶으면,
배론마을 최양업 신부 묘소 곁에
지게 괴어놓고 어둡도록 누워
꽃별을 헤아려 눈을 맑게 하거라.
제천시 봉양읍 구학리 배론성지
황사영 토굴에는 오래 묵은 꽃장이 있어
또다른 지순한 꽃같은 곰팡이,
자신을 피워 띄운다.
그 꽃장 지게에 지고서 산을 넘어 보라.
토굴 가던 길에서 대방놀이, 지게놀이로
순하게 놀던 이들을 떠올려 보라.

바다어머니

베트남 호이안 금산사에서

호이안 금산사에는 해모(海母)가 있었다.
바람을 잡아주며 뱃길을 열던 어머니,
그 곳에서 나를 반기며 향을 받고 있었다.
차이나비치를 지켜 주던 어머니,
바다를 등에 지고 살아갔던 사람들을
여전히 어루만져 주며 그 자리에 있었다.
돈을 놓으며 그 바다어머니께
생전에 어머니를 대하듯 아주 넌지시
나의 바다 항해에 힘을 달라며
오래도록 간절히 어머니의 우르거*를 만졌다.
그 어머니와 압살라춤을 추었다.
내 마음 속에는
왜 어머니의 우르거가 여러 개로 변하는지를
베트남 호이안 길**위에서 깨달았다.

* 우르거 : 베트남 참파유적의 조각품에 보이는 여성 유방.
** 2011.7.13. 베트남 호이안 옛거리 답사.

김종만책박물관

당신을 처음 떠올리면,
백마강, 임진강의 음악이 흐른다.
천진난만 환한 미소가 겹쳐 흐른다.
동의보감 보듬으며
김동진 어허야*에서 후라멩꼬까지 들여주면서
박물관 한 채를 그린다.

당신을 다시 떠올리면,
치과병원에서 꿈꾸는 예술가를 만난다.
순진무구 백제마애불** 미소가 핀다.
레코드 음반의 음표를 따라
책 속에 음악 속에 당신을 소진시키고서
박물관 한 채 조금씩 키운다.

당신을 훗날 떠올리면,
여유만만 즐겁게 찬송가를 연주하고 있다.
한국음악사의 깊이, 고서의 넓이
붓글 따라 손길 따라
'은밀한 시정(詩情)의 악기'***기타 울림
박물관 한 채 꽉 차 있다.

  * 김종만, 〈김동진론〉의 심청가에서
 ** 서산 용현리 백제마애불(국보 84호)
*** 김종만, 〈기타아음악의 발자취〉에서

눈꽃사원

의림지아리랑

아라리야 아라리요 아리랑얼싸 아라성아
아라리야 아라리요 아라성얼싸 아라리요

줄모야 꽉찬 청전뜰 정든 님에 못살것네
아라리야 아라리요 아라성얼싸 아라리요

논둑아 밭둑아 용두산 높고 피재골 깊네
아라리야 아라리요 아라성얼싸 아라리요

의림지 철철 넘치는 님 사랑 언제 오려나
아라리야 아라리요 아라성얼싸 아라리요

꼽아주게 눌러주게 벗님네야 심어들 주게
아라리야 아라리요 아라성얼싸 아라리요*

* 이 사설은 제천 모심는 소리(MBC 한국민요대전 : 이상철 등 부름)〈아라리〉
에 맞춰 청전 모심는 아라성으로 개작함. 의병아리랑도 유사함.

삼화사 친견기親見記

내 마음 속 깊게 자리한 삼화사
무릉계곡 정월 대보름
도반과 함께 큰절을 하다.
원명스님 차를 권하다.
찻물이 몸을 데펴오자
어머니와 함께한 예전 절을 떠올리다.
대보름 절 안
어머니가 오신 듯 다시 따스하다.
대보름 초대받은 영혼 많다.
순간 고려 하늘 보다.
삼화사 국행수륙대재에 오신 동안거사*,
불법(佛法) 정신으로 제왕운기 쓰다.
그를 떠올리자 두타산 타고 내리는
물소리가 갑자기 크게 들리다.
스님과 도반의 목소리 작게 들리다.
차를 마시며
천지명양수륙의찬요에 다시 빠지다.
철불(鐵佛)**, 눈물 감춘 내력 떠올리며
대보름 달, 미리 새기다.
내 마음 속 치유의 어머니와 겹쳐 있는

절, 삼화사
도반과 내려오며 회향의 가피입다.

* 동안거사 이승휴(李承休)는 고려후기 문신으로서 민족서사시 《제왕운기》
를 썼다.
** 삼화사철조사나불좌상(보물 제1292호), 《삼척지역의 민속문화》(이창식,
삼척문화원) 참조.

미황사 탐방기探訪記

찻방 보살이 끓여준 쑥국향에
함께 간 도반 스님 말을 놓치다.
봄싹 화두 펼쳐진 남해 땅끝,
달마산 아래 미황사
동백꽃 온통 꽃등 달다.
등마다 붉은 불심(佛心) 쏟아지다.
아이 마음인 금강 스님 찻물 다리자
대웅전 기둥밑에 게와 거북 뿔뿔
기어나와 괘불로 이끌다.
봄날 절마당으로 나오신 부처님
달마산 여래불 내려오신 듯 눈부시다.
천진불 그린 괘불재* 떠올리며,
잠시 바다로 오던 불선(佛船) 보다.
책 수륙의찬요를 다시 읽다.
심우(尋牛)**, 멈춘 사연 떠올리며
진법 군고 새기다. 둥둥
바다 실크로드로 따라온 절,
미황사 내려오며
도반 스님한테서 동백꽃 붉게 물들다.
나도 덩달아 붉게 붉게 게걸음하다.

* 미황사 사하촌 연계 기우제에서 비롯되었다.
** 미황사 연기설화(금강스님 제보) 속의 소 참조.

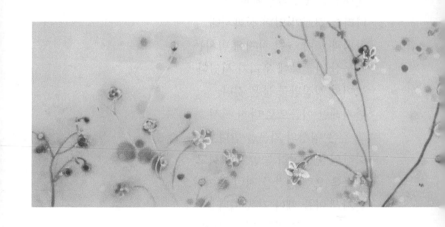

백두산아리랑

오르는 마음, 설렌 시간을 넘어
또다른 순간의 탄성, 아 백두산.
다시 한번 천지에 압도되어,
절대장엄의 초절정에 빠지다.
나라의 경계가 없던 신화시대
하백과 웅녀 놀던 천지에 비치는
백두산 장군봉에 우리가 서있다.
높이의 정점만큼 물은 깊다.
한겨레란 이름으로 다시 서서
그 깊은 영성의 기운을 받다.
화산의 불덩어리 눈발로 식히고
저토록 오랜 시간을 지킬 줄이야.
한겨레 아플 때나 기쁠 때나
큰산답게 혼불 밝혀 길을 보이다.
이 절명의 벅찬 현장에서
목놓아 아리랑을 실컷 부르고 싶은데
지금은 남의 땅이라 가슴 베이다.
누군들 백두산 천지에 반하지 않겠는가.
지금 이 기막힌 순간의 대면,
깊게 깊게 민족 성지로 다시 새기다.
민족통일 염원을 백두산 신명에게

간곡하게 두손 모아 빌면서
누구든 말려도 아리랑을 부르다가.
다시금 감성유산의 세계에 빠지다.

남태평양주 가는 길

어머니 고마움을 헤아리며
아들과 인생을 다시 쓴다.
잘 정돈된 나라를 떠올리며
아들 27살 지도를 읽는다.
어머니 마음과 늘 같이하듯이,
두 나라 장점을 다시 읽는다.
아들 마음 속의 여행,
많은 기대 땜에 설레게 한다.
어머니가 그래 아들 데리고
보이지 않는 곳까지 보면서
잘 통하라고 할 것 같다.
아들의 미래를 만나리라.
오클랜드에서 시드니를 돌아보며
아들 마음을 키우고 싶다.
끈의 한 면, 탯줄을 확인하고 싶다.
어머니와 나, 아들 사이를 이어놓은 잠언록,
이번 길에 나를 풀어놓고 싶다.
어머니가 분명 지혜의 반지마을을 안내하리라.
일주일 부자행,
둘을 다시 살피는 시간이리라.

요시이강 서대사 어머니

요시이가와가 품은 서대사(西大寺),*
거기서 어머니를 만날 줄이야.
강물의 깊은 인연인가.
배 끄는 소리를 환청처럼 들으며
도래인(渡來人) 아리랑을 만나듯
요시이가와 여신이 된, 어머니
친구**와 함께 서대사 뜨락에서 만날 줄이야.
관세음보살 관세음보살
뱃사람 따라오신 듯
먼저 오신 어머니 환하게 웃으시다.
오까야마 요시이가와 더욱 맑게 흐르다.
나도 덩달아 맑게
어머니 배를 끌고 아리랑을 부르다.
2014년 겨울날 요시이가와가 보이는 서대사,
강물보다 낮은 그 절,
어머니와의 해후, 오래도록 기억하고 싶다.

* 일본 오까야마에 있는 절
** 김동성(金東成)

돼지똥

염주 한 알씩 108배
93살 치성, 오늘도 빛이다.
집 나가도 착하게 살아라
새긴 아들은 지구촌 대통령이다.
그 아들 기다리는 어머니*,
한없이 낮춰 절한다.
연꽃의 빛으로 겸손,
살아서 아들의 길을 비춘다.
연꽃의 청정으로 품격,
죽어서도 아들의 미래를 밝히리라.
얼마나 더 기다려야 올까.
연신 아들 기다리는 눈길에
돼지똥이 밟힌다.
쌀창고 집 셋째 며느리, 오남매 어머니
돼지 새끼 한 마리씩 기르도록 해
스스로 서는 길 키우다.
그게 아들이 살아가는 힘일까.
증평, 음성, 충주에는 돼지이야기가
버글버글 와글와글
유엔아리랑이 되고 있다.
아들 기다리는 연꽃향 골목길에

그 똑소리나는 어머니,
기도하면서 아리랑경을 왼다.

* 반기문과 그의 어머니 신현순

4부

천지 가는 길

안동장씨 음식디미방

여름철 석류탕을 먹는다.
영양에 가면 철난 천재 많다.
그 가운데 장계향*,
그윽한 수국향이 난다.
철맛, 손맛, 마음맛이 난다.
그 맛을 한글로 둥글게 쓴 음식디미방,
장계향 생시에 차린 듯
그 페이지에 들어가
붕어찜을 먹는다.
동아누루미를 먹는다.
조선 하늘의 맛을 온통 먹는다.
깨알 글씨처럼 깨알 사랑을 먹는다.
꿩짠지히에 연근적, 산갓침채 곁들여
송화술로 영양 여름 사랑을 먹는다.
영양에 가면 글줄하는 사람 많다.
더구나 장계향 맛책 땜에
맛길을 걷는 기분,
분명 예전 상차림에 빠져 있다.
영양에는 그녀의 시원한 여름맛이 있다.

* 정부인(貞夫人) 張桂香(장계향, 1598~1680)은 17세기 飮食知味方(동아시아
최초 한글 조리서)을 남겼다.

아마미 섬 가는 길

섬, 섬 안 어머니를 헤아리며
여름 다시 쓴다.
섬 위 하늘빛 그리며
여름 바다를 읽는다.
어머니 마음이 담긴 섬 신화,
배의 날개를 달고 적는다.
마음 안의 섬 여행,
그걸 어머닌 아마미 가는 길에 깨닫게 한다.
어딘가, 어머니 풍요로운 섬밭
안내할 것 같아 50대 지도를 다시 본다.
내 마음 안 보물섬, 아마미
어쩌면, 어머니의 지혜를 찾겠다.
백령도, 청산도, 울릉도, 제주도
찾았던 어머니 마음, 다시 찾겠다.
벌써 여름 바다빛, 물 안 깊이 보인다.
섬 섬 섬 사이를 이어놓은 신화,
그 안에 나를 풀어놓고 싶다.
어머니가 먼저 와 신화마을 안내하리라.
여름 섬 이야기에 남국 바람이 분다.
짭쪼롬한 여름 안으로 날아간다.

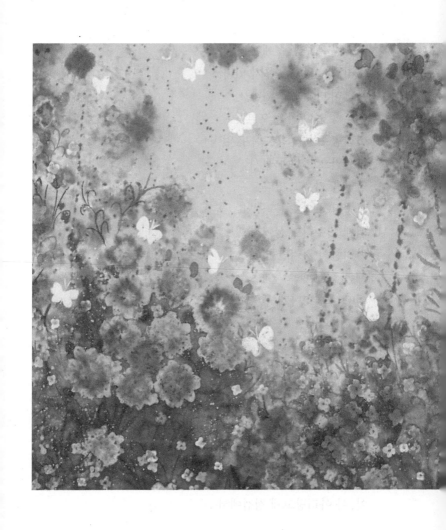

금강아리랑

아리랑 재주꾼 속에
소리힘이 있는 공주가 있다.
부단히 다져온 솜씨다.
셰르파 없이 산을 오르듯
소리공주는 옆의 도움도 없이
자신만으로 힘차게
칠할을 키우고 있다.
공주땅 소리도 불러내고
백제 옛소리도 끌어내고
아리랑의 켜켜만큼
때론 깊게 한스럽게
이따금 신명나게 우렁차게
공주아리랑을 펼쳐내고 있다.
예전 한 점과 미래 한 점,
다소곳 이어 아리랑길을 찍는다.
공주명창의 눈물길,
자기존중감이 썩 어울리게
느리도록 금강물길처럼 간다.
감히 누가 금강아리랑을
공주명창처럼 부를 것인가.
아, 아 아리랑고개 정점에서

미래의 공주아리랑을
마음껏 목놓아 부르는
지금 여기 소리꾼이 있다.

나를 찾아본 여행

공드려 찾고 뒤지고
그 곳을 미리 예견하고
분주히 가는 나를 힐끗 본다.
말수를 줄여 걸어도 보고
명상에 잠겨 딴 나를 본다.
오만 별 짓거리를 다하면서
쉼표를 찾는 나를 본다.
수행처럼 묵묵 길을 찾아
기쁘게 꿈꾸는 나를 본다.
길 위 깨달음의 날,
도반과 함께 즐기는 나를 본다.
일본 구라시키에서 드디어
나를 놓친 나를 물끄럼이 본다.

문무대왕암

시퍼런 파도를 이불로 삼은 왕이 있다.
그는 스스로 바다 속에서 살아가고 있다.
죽어서도 바다룡으로 부활하다.
신라 봉길리에는 여전히 붐빈다.
봉길리 바다는 그의 목소리를 먼저 듣는다.
해돋이 장엄에 용안을 본다.
되풀이되는 친견 속에서 그 날의 바다를 본다.
바다를 안식처로 삼아,
오늘도 눈을 감지 못하고서 용트림하고 있다.
만파식적 엿들으며 다시 용솟음하고 있다.
깨어서 천 년 또 깨어서 천 년,
통일나라 거듭 새기는 용왕이 있다

천지 가는 길

어머니 마음 데리고
늦봄 오늘 백두산 천지 보러 가요.
눈 속 꽃들도 때를 놓칠세라,
온 능선에서 조금씩 수를 놓기 시작해요.
어머니 마음이 먼저 와서
정갈하게 앉아 초록잎과 말해요.
아들아 내 생전에 의림지 함께 걸으며
조선 소나무와 우리 셋이 하나로 어울려
조근조근 나눈 것처럼
의림지 형인 천지를 바라보며
다시 소곤소곤 신화를 말하자구나.
어머니, 행복하지요.
생전에 손잡고 못 왔지만,
늦봄 백두산 천지 눈부신 날에
아들 눈으로 영산(靈山)과 놀아요.
실컷 보세요, 아주 즐겁게 놀아요.
어머니 마음과 함께하는 여행
어머닌 연신 앞서서 아들을 부르지요.
모처럼 마음 속의 여행,
그걸 어머닌 천지 가는 길에 깨닫게 하지요.
어머니, 참말로 고마워요.

마음공부, 늦봄 철잔치하는 백두산에서
제대로 하고 있지요.
천지를 왜 하늘물이라고 하는지 느낄 즈음
어머니 마음, 나비처럼 가볍게
말대로 오르며 숲, 풀, 꽃 금을 긋고
진한 여름 오는 천지 길로 앞서 가지요.
가면서 백두대간 푸른 신화를 노래처럼
아들에게 꼬박꼬박 챙겨 말해요.

독도사자선

너를 찾아 먼 길 돌아왔다.
멀미하며 그렇게 찾아와 너를 대면하는 순간,
어머니가 살아가실 용궁을 먼저 와서 짓고 있는 것을 알았구나.
누구든 거부하면서도
너에게 진정으로 다가오는 사람들 안고서
천 년을 살았고, 만년을 꿈꾸고 있었구나.
어머니가 다시 천 년 만 년 지낼 용궁
어머니는 그렇게 대한민국의 해신(海神)으로 살겠노라고
그토록 간절히 기도하던 내공,
너를 보는 순간 수억 년의 파도에 날마다 세수하고
세월에 아랑곳하지 않고 해를 머금고
너는 동해 깊은 곳에 용궁 만들고서
나를 기다렸구나, 어머니의 영원한 보금자리
나를 기쁘게 보여주고 있구나.
아, 너와 내가 다시 미래 천 년의 역사를 쓴다.
너는 나의 성지(聖地)다.
김이사부 사자선이 당도한 날에

사파아리랑

샴에게

너를 만나기 위해 베트남 사파에 온 듯
그리움의 다락논을 눈에 붙들다가
가파른 길도 종일 밟으며
버려진 오지를 느리게 달렸지.
벼가 너처럼 키 세우는 마을길 따라
너와 함께 간 너의 검은 집,
거기에 익숙한 할머니, 아버지, 막내 누이 초상들,
아, 그리고 나의 흑백유년이 있었지.
너의 까무잡잡한 얼굴과 눈,
투박한 영어사투리, 그리고 미래에의 손짓
깊게 패인 낙인처럼 찍었지.
너의 마음 속으로 들어가
또다른 세상을 열어주고 싶었지.
오늘따라 달이 밝은 호이안에서
너를 눈시도록 떠올려 보았지.

독도 이사부

이사부 어머니가 관음바위*로 독도에 산다.
거기에 느리게 바다를 굽어보며
해신 관음보살 이름으로 반긴다.
그 여름 그 독도바다에서
아주 부드럽게 관음으로 설법하고 있다.
우리는 아쉬운 듯 그리운 듯
그 날 그 여름 그 바위 앞에서
바다어머니의 깊은 마음을 읽고 있다.
관음으로 현신하여 바다 위 열반 법문 펼치고
이사부를 동해에 보내신 생전 어머니,
어머니의 눈길로 바다를 다시 읽고 있다.
갈옷 바지 입은 제주해녀 물질로
독도바다의 깊이를 또 잰다.
관음의 현신을 친견하고서 우리는 충만하다.
그렇게 1500년이 흘러갔듯이
또다시 올 1500년을 위해 관음바위에 절한다.
누가 이사부 어머니를 보지 못했다고 하겠는가.
독도 관음바위를 가슴 속에 깊이 찍으며
우리는 바다어머니를 잠시 놓치고 있다.

* 일명 촛대바위라고 한다(독도 지명에서).

섬말나리

울릉도 벼랑에 매달려 피는 꽃,
섬말나리,
부르는 이름처럼 섬 속의 별이다.
섬을 온통 향기로 물들이고 있다.
성인봉을 닮아
늘 순박한 울릉도 사람들
섬말나리 한 송이씩 달고
오늘도 동해를 지키고 있다.
섬말나리는 울릉도의 벼랑 꽃별이다.
소리없이 꽃을 피우기 위해
파도를 끌어오고 울릉도 사람들 소리도 엿듣는다.
섬말나리는 사라진 예전 살마들 분신처럼
오늘도 무더기무더기 피면서
독도의 이사부와 안용복을 부른다.
게다가 용궁에 사는 어머니도 부른다.
어머니도 틀림없이 꽃별이 되었으리라.

운남성 초웅시 이족의 어머니소리

이족 메이거 남성 가수 셋이 부르던 산어머니 소리,
솔잎이 뿌려진 마당에서 하나로 듣는다.
어머니가 산이 되어
그들의 마음 속에 깊게 자리잡았구나.
불러도 불러도 모자람이 없는 말, 어머니
어머니의 부드러운 사랑이 명치를 친다.
어머니가 산메아리가 되어 그들의 신이 되었구나.
악기 선율에 어울려
더욱 가슴을 짠하게 하는 산어머니의 목소리,
이족 마유평 망르에서 춤추며 느낀다.
아, 어머니가
내 마음 속 산으로 있음을 새삼 확인하는구나.
오줌비가 살짝 지나가는 한여름에.

울릉도아리랑

호박엿 맛에 바다를 잠시 잃어버린다.
엿을 먹으며 오징어를 씹으며
예전 나를 떠올린다.
20대 찾았던 울릉도가 그대로인데
묘하게도 정감은 달라져 나를 아프게 한다.
이사부가 나무사자를 데리고 온 울릉도
그 나무사자가 사자바위로 남아
동해 고래를 먹고 있다, 횟감처럼.
내 피에는 이사부와 우해왕이 같이 논다.
당시 해상전투을 떠올리며
동해 트로이목마 속에서 잠을 청한다.
우산국 공주가 곁에서 부채를 부친다.
향나무 향기가 짙게 우러난다.
그녀의 오징어 살결에 점점 미쳐간다.
다시 울릉도 해신(海神)들과 접신한다.

그 때 그 자리 아리랑

네가 공소를 한다면 그것은 목숨을 구걸하고 나오는 것이 되고 만다. 네가 국가를 위하여 이에 이르렀은즉 죽는 것이 영광이다. 모자(母子)가 이 세상에서는 다시 상봉하지 못하겠으니 그 심정 어떻게 다 말할 수 있겠는가(안중근 어머니의 편지글 일부).

흑백사진 속의 조선 여자*,
시모시자(是母是子)를 새겨준 여자,
사나이답게 싸우라고 격려하는 여자,
오늘 하얼빈역에서 향 사르며 부른다.
눈물을 꿀꺽꿀꺽 참으며 쓴 글 속에서
오늘처럼 우리의 길을 부른다.
백 년 전에 간 길을 부르지만,
시공의 잣대를 벗어나 우리의 아리랑을 부른다.
어머니의 마음으로 생사를 넘어선 길,
길 위에서 다시 그 날의 총성을 듣는다.
경계 밖에서 법문을 들으며
영원한 불성(佛性)으로 장부가(丈夫歌)를 부른다.
오늘 하얼빈역에는 여전히 별이 쏟아지고
그 어머니와 그 아들이 여름 속을 걷는다.
함께 걸어가며 장부아리랑을 부른다.

순교행

제천시 봉양읍 구학리 배론에는
시대를 넘어서서 늘 꽃 몇 송이 피어 있다.
꽃 송이마다 아픈 목소리가 빛깔을 만들어내고
옹기그릇마다 하늘물이 들어와 앉아 있다.
누굴 생각하며 꽃물로 익어가면
배론 아침녘에 가서 마당에 핀 꽃을 꺾어라.
꽃도 때론 백서가 되어 마음을 흔든다.
늘 더불어 기쁘게 살고 싶으면
배론 최양업 신부 묘소 곁에 어둡도록 누워
꽃별을 헤아려 눈을 맑게 하거라.
제천시 봉양읍 구학리 배론성지
황사영 토굴에는 오래 묵은 꽃장이 있어
또다른 지순한 꽃같은 곰팡이가 자신을 피워띄운다.

김삿갓어머니 이씨

영월 동강 삼옥리 강벼랑에는
쫓기듯 어린 아들 손을 이끌고
낮게 숨어든 어미꽃이 해마다 핀다.
동강 불어나도록 흘린 눈물로 핀 꽃,
그 어미꽃으로 한층 눈부시다.
어떤 일이 있더라도 내력을 발설하지 않겠다든
다짐이 어처구니 없게도 얄량한 붓 땜에
털어놓자 강물이 하늘로 치솟아 흐른다.
그걸 막고자 삿갓 눌러 쓰고 떠난 아들,
그 자리에는 어머니가 할미꽃으로 핀다.
여느 할미꽃보다 그 자태가 곱기에
흔히 눈물강이 키운 아리랑 닮은 어미꽃이라던가.
그 꽃을 보면, 아들 김삿갓의 조선하늘이 찍힌다.
아들이 간 길을 늘 훑어가듯이
각진 목숨 소진할 때까지 피멍든 어머니 마음,
사리처럼 남아서 아들 상처 보듬고
증언의 또다른 보살행으로 핀다.
동강 가파른 벼랑에는 해마다
아들 아드을 아리랑을 부르는 어미꽃이 핀다.

* 김삿갓(김병연, 1807~1863)이 여섯 살 때 조부 김익순의 처형으로 폐족되었
다. 홀어머니 함평 이씨가 아홉 살 아들을 데리고 영월 삼옥리로 이주하였다.

마오리족 연가

마오리 스틱댄스는 물소뿔춤을 닮았다.
마오리 하카댄스는 도깨비춤을 닮았다.
마오리 포이댄스는 키위새춤을 닮았다.
마오리 여신의 뉴질랜드 북섬*,
연가 포 카레카레아나를 부르며
그녀의 깊은 바다로 들어갔다.
카누와 파도와 함께 예전 전사가 되었다.
다시 돌아오지 않는 해신을 위하여
더불어 신명의 마오리춤을 추었다.
유황 화산이 솟아오르는 속에
로토루아 호수를 바라보며 물에 잠겼다.
마오리 마오리의 그녀 깊은 마음을 찾아
온천에 온몸을 해체하듯 그녀와 하나 되었다.
연가, 그 심연에 유년동심이 있었다.
마오리족 연가를 호수 바닥에 새겼다.
그녀의 마음에 마오리문신을 또 새겼다.
비바람이 치던 호수 잔잔해 오면,
진정 그녀가 올 것을 믿으며 연가를 불렀다.

* 2013. 7. 20 뉴질랜드 북섬에서

인도 라다크 카르둥마을

호지의 오래된 미래*에 답하다

내 여로 위의 호지 애인이여,
레에서 누브라벨리로 가는 카르둥라**
하늘을 흔들고 있는 오색 타르쵸 보며
고산증에 시달리면서 넘고 있소.
설산(雪山)물 흘러내려 만든 카르둥마을,
노란 유채, 푸른 보리밭, 말똥지붕
그 마을 한 폭 안, 그 여자 오래된 집,
내 유년의 살대 마당이 여기 있소.
꿈 속의 그 여자처럼 내준 차를 마시며
오히려 맹방리 여름 바다향을 깊게 맡고 있소.
내 마음 속의 오래된 미래를 다시 읽으며
호지 애인이여, 묻고 싶소.
카르둥마을 사람들이 오래된 미래인가를.
왜 달라이라마 옴마니반메훔 새긴 돌판,
그 마음씨 왜 읽어내지 못했는지 궁금하오.
카르둥마을 눈썹 짙은 그 여자집에서
내 유년의 흑백 가난을 빵과 함께 씹으며
오래도록 맹방리 보리밥 똥냄새를 느끼오.
지금 여기 그리운 똥집 한 채 짓고,
다시 부수는 것을 거듭 하며, 그 집 그늘
내 고향처럼 내 마음 속 깊게 자리하오.

당신이 본 라다크 똥집, 지워질수록
히말라야 높이 한치씩 낮아지리라 보오.
척박한 길 위의 오아시스 카르둥마을에서
호지 애인, 당신을 닮은 그녀의 눈, 눈빛
아주 오래, 깊게 찍으며 마을길로 또 나서오.
마을 밭두렁에는 여름 꽃별들이 쏟아지고 있소.

* 오래된 미래: 헬레나 노르베리 호지 여사가 쓴 인도 라다크의 체험적 생태보
고서.

하와이 분화구 할레아칼라

너, 잠시 숨고르기 하는구나.
너 속은 여전히 뜨겁구나.
너와의 순간 해후*,
기뻐 뜨거운 가슴에 길을 잃다.
너에 반해 바다 건너
또 섬 건너 왔지만
태평양 꼭대기에 너를 두고 어찌 가지.
은검초 베이는 마음으로
아프게 아프게 돌아가리라.
안으로 뜨거운 불 하나 잡고
너와의 잠시 폭풍사랑 이어가리라.
나도 이제 내면 분화구 키우며
너처럼 뜨겁게 온세상 살아가리라.
너, 이제 나의 반쪽인냥 길을 묻는구나.

* 2014. 2. 9. 할레아칼라 답사

한석봉 어머니

가을도 때론 진땀 흘리다.
박이 열려 그나마 밖은 희미한데
토담집 안방, 불을 끄다.
어머닌 칼을 들고,
한석봉* 아들은 붓을 들고 내기를 하다.
숨가쁜 전투, 누가 이겼을까.
불을 다시 켜자 또박또박과 삐뚤삐뚤
이기고 지는게 문제가 아니라
얼마만큼 내공을 쏟아야 진검승부에
그것도 절체절명의 대결에 임할 수 있을까.
삐뚤한 길과 또박한 길 사이,
어머니 무언의 손길,
아들의 가슴 깊은 데로 죽비를 치다.
어머니와 아들의 정성탑(精誠塔),
가을떡으로 쌓은 천자경(千字經)
틀림없이 부처마을 정자나무로 서다.
모자(母子)의 길에도 점차 단풍 물드는 날,
어머닌 천자경을 품고 아들은 어머닐 업고서
절 삼회향놀이** 열리는 마당으로 가다.
절탑 돌고 돌고 또 돌자
자비, 지혜, 원력도

히말리야아리랑

히얀하게도 여름 한복판에서
겨울 설산(雪山) 히말라야 허리께
칼날같은 길 위에 아슬아슬 서다.

말(言)이 씨가 되듯이
조지라 고개*를 조마조마 넘으며
절벽 위 외줄타기로 영성을 느끼다.

라다크의 오래된 미래,
멀리 있는 게 아니라 천길 낭떠러지
마음 안의 장애를 지우는 데에 있구나.

야무진 꿈 잠시 내려놓자,
히말라야 눈(雪)물 아래로 흘러
인더스강을 정화하듯이 나를 씻는다.

---

* 조지라패스: 인도 캐슈미르의 카르길에서 소나마르그로 가는 히말라야 큰고
개, 밑 계곡에는 힌두교성지순례 중간 야영캠프장이 색종이 뿌려놓은 듯 보
임(2012. 7. 13).

5부

환선굴

환선굴

붉은아리랑 꽃이 오십천에 줄줄이 피었네.
붉은아리랑 돌꽃이 환선굴에 폭죽처럼 터졌네.
이승휴와 허목이 걸었던 죽서루 난간길
그 곳에 붉은아리랑 꽃이 철철 문질러지는 칠월
해일처럼 사람들이 줄지어 동굴 속으로 빨려들었네.
환상과 꿈을 마음 속 깊이 감춘 채 돌이 되었네.
깨어나라 깨어나라 외치는 빛이 없어도
동굴 속의 메아리, 반드시 손뼉치듯 반응이 있었네.
이승휴가 이루고자 한 사랑의 환상곡, 붉은아리랑
허목이 힘 있게 세우고자 한 비석의 애상곡, 붉은아리랑
수로부인처럼 그 노옹의 헌화가처럼 간절한 붉은아리랑
다같이 붉은아리랑 부르면서 유월의 용광로 같이
붉은아리랑 함성에 오십천이 들썩이고 환선굴이 입을 벌리고
두타산이 백두대간을 솟구치게 하고 저 동해바다마저 삼킨 채
일출보다 장엄하게 붉은아리랑에 물들었네.
동굴의 어둠을 녹이는 붉은아리랑의 힘
지난 날 삼척 사람들,
지워진 삼척 사람들 동굴 속에서 다시 환생하고
삼척의 빛이 동굴의 폭포수에서 사람들을 씻어주고
억눌린 어깨 펴주면서 한 폭의 몽유도원도가 되었네.
동굴의 물과 빛을 붉은아리랑 배에 싣고

아, 오십천 물살을 따라 동해로 동해로 나아갔네.
아르레이 아르레이 아리랑 붉은아리랑
살아 천 년 죽어 천 년 맹방 향나무인 듯
아르레이 아르레이 아리랑 붉은아리랑.

이승휴아리랑

누가 삼척하면 이승휴를 떠올리고
백봉령 구름에다 아리랑을 새기나.
이승휴 어머니, 비린 고등어 바리 지고
두타산을 사뿐사뿐 넘어가다.
시대는 가물가물해도
아들 청운의 뜻을 이고
백두대간 달보 진시처럼 넘어가다.
고개마다 아들 돌담불 보태다.
그녀의 아리랑 길 위에 아들이 있다.
아들도 어머니 사랑으로
제왕운기 한 채 폼나게 짓고서
죽서루 난간에서 눈물 빼다.
탑, 그래서
천은사에는 이들 모자(母子)정이 자라다.
어머니, 아리랑경을 외자
아들이 제왕운기 단군경으로 화답하다.
주거니 받거니 회향(回向)하다.
누가 삼척 힘하면 제왕운기 떠올리며
오십천 물결에다 아리랑을 띄우나.

교차로

사람들이 모이는 곳에 길이 있다.
그리움 하나씩 가슴에 품고서
줄을 이어가는 사람들…
그 끝의 교차로,
그 곳에서 서로를 주고 받는다.
부지런한 사람들…
그 곳에는 사람과 사람의 눈빛이
마구 살아 펄쩍펄쩍 뛰며
다시 신호등을 기다린다.
교차로엔 몸 에 착 맞는 정보가 살아있어
생활 속의 잔잔한 햇살이 전류처럼 전해진다.
교차로에는 시장이 없지만
붐비기에 푸근하고 구석구석 살피는 사랑의 손길,
손길마다 이웃의 알뜰함이 폭죽처럼 터진다.
이웃을 다독이는 꿈의 아리랑이 불려진다.
교차로마다 만나는 익숙함으로
사람과 사람 사이의 에너지를 나누는 기쁨으로,
아끼고 베풀고 다시 쓰고 서로의 등을 긁어주는
사람 냄새가 나는 교차로의 힘으로,
그 곳에는 생활 안의 믿음이란 고래가 숨쉬고 있다.

빌게이츠에게

화면 속의 꿈을 찾는 사람들
뒤통수가 하얗게 바래다.
당신이 누비는 파장만큼
미래의 방이 보이고
늘상 보폭이 빠른 데다가
당신의 가방이 작아지면
또다른 세상이 만들어지다.
우리는 한번도 당신의 FAQ 리스트로
시를 쓰는 법을 깨닫지 못하다.
우리는 오늘도 그 궁금증 속에 전자우편으로
시를 만들어 당신에게 보내다.
컴퓨터와 성교를 하고 싶다는 여류시인처럼
이제 컴퓨터가 시를 온통 흔들어 놓는 세상에서
당신이 애송하는 시가 있는지 궁금하다.
당신의 꿈꾸는 인터넷이 시가 있는 네트워크로
마음의 빛이 있는 네트워크로 발전했으면 좋겠다.
지금도 화면 속에서 시를 찾는 사람들
당신의 두뇌보다 시가 있는 마음이 그리워
당신의 마이크로소프트 방마다 그리움의 노크소릴 내다.
일천구백구십육년사월일일 컴맹 올리다.

호스피스아리랑

그대 손길 닿는 데마다 부활로 피는 꽃마을
호스피스 존재감, 살아온 내력마다 지워질수록
막다른 눈물 그렁그렁한 건널목에서
그대 나누는 눈길 있어 눈물조차 꽃처럼 눈부셔라.
그대가 꿈꾸며 눈물때 씻어주는 동안
절벽에서 오히려 시든 한켠이 더더욱 따스하고
사람다움의 온기가 솔솔 돌아라.
몽유(夢遊)의 강물에 허우적거려도
그대의 사랑줄로 해리포트의 주인공이 되는구나.
그대는 천사표, 가슴으로 살피는 정성 땜에
슬픔과 어둠 사이가 오히려 밝아라.
꿈결같이 경계를 넘어서게 하는 힘,
우리들에게는 더불어 같이의 가치가 아닌가.
아하 그대 마음씨 호스피스라는 이름으로 불리자
영산(靈山)을 오르는 사람들 한결 가볍구나.

꽃지

의림지 벚꽃
내 손 끝에 꽃 피다.
그 꽃, 눈부셔
간혹 소리도 내다.
봄날,
의림지 벚꽃보다
내 손 끝에 짙게 묻어나는 꽃향
소리높여 행복하다고
꽃잎 분분.

태백산

오르면 오를수록 그 깊은 맛에 머리숙여지는 산
백두대간 중추에 자리하여 마음을 보듬는 으뜸 산
이 땅 누구나 소통하여 넉넉하게 품어내는 태백산.
동해 일출이 산과 마주하자 천제단 기운 솟아
산향(山香)이 뼈속까지 젖어들어 저절로 하나 되고
천년주목 아름드리 하늘 한번 우러르고 있다.
산이 높아 골을 깊게 키워 황지, 검룡소 뿜어내
산길 물길 연연히 응축하며 민족의 장엄한 산시(山詩)
온몸으로 읽어내며 날로 이로움을 펼치는 영산이여.

쿠마리아리랑

꽃신을 신고와 신을 만난다지요.
더 버릴 것 없이 맨몸인 지금,
지문 찍듯이 티카 붉은 꽃을 찍지요.
쿠마리* 당신을 오랜 누이 대하듯이,
당신의 신방에서 찰라처럼 만나지요.
말을 아끼는 눈길이여,
다시 마음을 다듬질하지요.
갇힌 공간이 설산이고
꽃신 벗은 방문턱에 눈꽃 피지요.
희디힌 꽃이 붉게 아주 붉게 물들면
그 꽃진 자리 지워야 한다지요.
진정 세상에 흰꽃 천지로 내려온다지요.
쌀꽃, 돈꽃 무더기 뿌리며
내 마음에 붉은 꽃,
문신으로 새긴 손길이여.
당신의 방문을 가슴 열고 기다리지요.

* 쿠마리 : 2017. 8. 3. 네팔 살아있는 여신 만남.

의병의 날 노래

1895년 그 날 이후 제천인은
누구나 홍사구 마음으로 창의의 깃발 드느니.
오늘 의병의 날에
호좌의진 값진 의로움, 깊게 새기느니.
민족영웅, 당신들의 이름으로
오늘 이처럼 푸르게 눈부신 날에
옷깃 여미어 푸른 민족사를 다시 쓰느니.
여기 잠드신 당신들의 목소리로
의향 제천의 미래, 참된 길 다시 닦느니.
1895년 그 날 자양영당 창의 이후
이 땅 누구나 홍사구 화신이 되었느니.
오늘 의병의 날, 매우 거룩하게
제천의병진, 당신들의 뜻 거듭 되새기느니.
한겨레영웅, 당신들의 정신으로
대의명분탑 높이 쌓으며 제천 힘을 모으느니.
아, 당신들의 값진 발걸음 위에
삼가 고개 숙여
민족 자존감 지켜 가리라 다짐하느니.
1895년 그 날 함성,
오늘 의병의 날, 지금 여기*에 쟁쟁하느니.

* 2013. 6. 2. 고암동 위병위령묘제

월산민요박물관

민요에 일생을 묻은 당신,
일제강점기의 참된 민족시를 찾아서
먼 민속 뒤란길로 나선 당신,
소설 쓰고 싶은 초심도 버리고
겨레의 소리, 아리랑에 빠진 당신,
그 고단한 발품 모아
지금, 당찬 민요박물관 한 채 지어놓고서
훌훌 떠나신 당신,
영원히 살 민요학 길 만든 것처럼
그 길로
월산(月山)* 그늘, 뭇산들이 따르고 있다.
온 듯이 다시 간 듯이 무수히
강릉단오굿판의 영산홍,
섬 아낙의 산다이, 해녀소리
부여 산유화, 상주 모노래
그 흐드러진 소리 뒤로 잔뜩 남겨놓은 당신,
민속학의 큰스승,
삼가 경배하는 앞에
상여소리가 만장처럼 펄럭이고 있다.
옷깃 여미고서 큰달뫼 바라보며

극락왕생 축원가와 같은
월산아리랑을 다같이 부르고 있다.

* 민속학자 임동권박사

사뇌가

전인혁군과 그의 어머니

아들 오른 팔 반달곰 앗아간 순간,
어머니 마음은 숯검정 사색되자
그날 박달재 소나무도 비명을 지르다.
그나마 부처님 가피로 건진 숨결,
그 숨막힘 뒤켠으로 보살 어머니
지극정성 원력으로 제구실 만들다.
이제 아들도 대학생으로서 고대사 누벼
어머니 보살행, 그 길을 다시 공드려 읽다.
어즈버 박달재 천둥소리, 합장으로 잠재워
송화사 법음 거듭 새기며 아들답게 푸르다.

개그박수

초록나무들 눈부신 날에
웃음꽃이 있어 눈부시다.
진정 웃음으로 통한 둘이
오늘부터 늘 하나다.
서로 바라만 보아도 즐겁고
서로 어깨 나란히 해도
같이의 가치를 느껴라.
처음처럼 사랑을 지피고
존중감도 끌어내고
명품부부 기대만큼
때론 도란도란 살갑게
이따금 알콩달콩 재밌게
멋진 웃음 부부의 길 가라.
따로 한 점과 또다른 한 점,
오늘부터 두 점이 한길이다.
다정다감 잘 어울리게
오늘 누구나 주는 축복처럼
늘 다독이며 웃음 주며
폭소 개그아리랑을 불러라.
누가 감히 신랑처럼
개그아리랑을 잘 부를 것인가.

청사초롱 정점에서
신랑의 아름다운 반려자처럼
마음껏 박수로 화답할까.
지금 여기 모두 공감하고 있다.
초록 온누리 눈부신 날에.

책박물관

책례(冊禮) — 책씨를 뿌리는 사내*가 있다.
그는 책 속에서 산 날이 더 많다.
책농부 노릇을 톡톡히 하고 있다.

심례(心禮) — 책 나무가 자라도록 애쓰는 사내가 있다.
그는 책 숲을 거닐며 논다.
책꾼 몸짓에 날이 새는 줄도 모른다.

창례(創禮) — 책 열매 거두는 꿈에 부푼 사내가 있다.
그는 책신처럼 책마을을 지킨다.
책달인 경지에서 세상을 바꾸려고 한다.

* 완주 책박물관 삼례 박대헌(2013.10.14), 삼례는 책이다.

공부집

학계에 튼실한 집 두 채
잘 지으신 큰어른,
당신*을 떠올리면
비교민속학의 집주춧돌에서
대들보까지 올린 게 보인다.
이야기 샘이 있어
참으로 넉넉한 집이다.
또 당신을 기억하면
동심동화의 집문살에서 마당까지
손수 넓힌 게 보인다.
더구나 달을 먹어 환하게 정갈한 집이다.
앞선 집짓기의 길,
도반후학들 당신의 집 뜨락에서
다시 조용조용 길을 묻는다.

* 최인학박사 팔순잔치.

허물

정우화백

내 녹색 화실에
당신 허물 왜 두고 갔소.
나무숲의 매미처럼
그토록 세상을 뒤흔들어대는 기세를 위하여
백색 허물만 남겼소.
슬픈 그림 한 장 지독한 영감 주기 위하여
또 그물망 허물만 보였소.
아, 다시 당신과 걷는다면
나도 허물 벗고 노래 하며 그림 그리리라.

청풍호, 첨벙 별 하나 떨어지고 있소.

히말라야 셰르파

만년 기억의 눈산,
잠시 내가 날마다 독수리 발톱으로 길이 된다.
네가 근육 여무느라 산길을 탄다.
만년 꿈을 간직한 채 나보다 먼저
저만치서 산길을 지운다.
무쇠솥 온기를 나누고 싶은데
너는 소걸음으로 눈산 저편에 있다.
나도 역시 이편의 셰르파.
히말라야 산맥 입구에서 서성거린 날,
인동초 줄기처럼 생긴 길을 붙들고 님을 좇는다.
트레킹 발걸음, 티자 지팡이에 기대어
안나푸르나 님을 보려고 오른다.
비에 축축해진 길, 내 마음도 푸르게 젖는다.
과연 님과 해후할 수 있을까.
안개에 잠긴 산장 롯지
깊게 잠들지 못해 길몽 꿈꾼다.
꼭두새벽 산마당 나온 순간,
님이 흰이마 까고 까르르 웃음 먼저 보낸다.
나도 온몸 까고 찌리릿 전류 보낸다.
그 아침 그 접신 이후 새끼 안나푸르나를 키운다.

대림사* 속 안중근

백제인처럼 절 마당 소나무 늠름,
소나무 보이는 법당 안에서
당신을 생시와 같이 만나다니.
경천(敬天)으로 가던 날,
써주었던 글, 치바도시치** 마음으로 살아나
헌신(獻身)처럼 생명비 용트림이 되다니.
당신의 먹물이 핏물인줄 느끼나니.
향 사르며 당신의 장부가를 되뇌이며
본분(本分) 결의 다지나니.
마지막 흑백사진 속 당신의 카랑카랑한 목소리,
다시 산문의 법송(法松)으로 자라나
동행한 청년들과 대면하다니.
하얼빈 총성, 아직도 쟁쟁 들리나니.

---

 * 대림사(大林寺): 일본 미야기현 구리하라역 가까이 있으며 안중근의사 모신
   사찰. 2017년 9월 9~10일 방문.
** 치바도시치(千葉十七): 안중근의사가 수감되었던 뤼순(旅順)감옥 당시 간수.

추석귀향

보름달이 강남스타일로 춤추다.
죽마고우, 아, 씨동무
동무 동무 씨동무 보리가 나도록 씨동무
씨알아리랑 부르며
쉰세대도 80년대 넥타이를 이마에 매고
말뚝박기 하듯이 말춤을 추다.
신나게 하나가 되다.
실컷 웃다가 바보처럼 보름달이 되다.
우리들도 싸이처럼 삼척스타일로 춤추다.
오징어 불 위에서 구워지듯이
촌티 풀풀 날리며 달, 보름달을 먹다.
노가리 먹듯이 질근질근 씹으며
환하게 마음을 비우는 추석날,
생기발랄, 자체발광 세상을 밝히다.
한가위,
이보다 눈부신 말 있던가.
한가위 보름달, 이보다 큰말 있던가.
그래 보름달을 먹고 달이 되어
달 따라 싸이처럼 말춤을 뱅뱅 추다.
쉰세대로 고향에 돌아와
한가위 맞아 80년대식으로 삼척스타일로
때론 바보처럼 똘라이스타일로

안나푸르나 걷는 길

박타푸르 중세도시*에서
회갑에 미생(未生)을 다시 읽는다.
히말라야 만년 흰눈을 떠올리며
학문 지도를 찍는다.
어머니부처와 같이하듯이,
나를 거듭 돌아본다.
여신 쿠마리 마음 속의 여행,
신비감에 마음이 두근거린다.
여신 손길이 동행자를 데리고
보이지 않는 곳까지 보면서
끝까지 완생(完生)으로 통하라고 한다.
또 다른 미래를 만나리라.
네팔 여신과 무언의 대화를 나누고 싶다.
보이지 않는 한 면을 확인하고 싶다.
누룩한 스와얌무나트사원에서
나의 야생(野生)을 깊은 여름날,
안나푸르나 길 위에 풀어놓고 싶다.

* 2017. 8. 2. 네팔 카투만두 거리 라케 참관.

발문

불교적 상상력과 유랑의식

김현정(문학평론가, 세명대 교수)

1. 불심과 어머니, 그리고 유랑의 만남

2011년 봄, 첫 시집『어머니아리랑』을 발간한 이창식 시인은 6년 만에 두 번째 시집『눈꽃 사원』을 세상에 내놓는다. 1994년에 등단하여 두 권의 시집을 발간하게 된 것이니 거의 10년에 한 권꼴로 시집을 낸, 과작의 시인이라 할 수 있다. 시인이 그만큼 한편 한편의 시에 공을 들여 발표한 결과라 하겠다. 그의 시에는 국내외 사찰뿐만 아니라 역사, 문화, 인물 등이 다양하게 포진되어 있다. 따라서 그의 시를 제대로 파악하기 위해서는 시적 내용에 대한 충분한 이해가 필요하다. 이는 귀감이 될 만한 다양한 내용을 시로 형상화하는 과정에서 생긴 자연스러운 현상이라 할 수 있다. 그의 시는 서사성을 띤 산문시의 성격이 강한 편이다. 이는 그의 전공인 '민속학'과 밀접하다고 할 수 있다. 민속학은 '민간에 전해 내려오는 풍습, 습관, 신앙을 과학적으로 연구하는 학문'으로, 지속성과 변이성을 내포한다. 이러한 그의 민속학적 사유에 의해 포착된 시적 대상은 자연스럽게 서사성을 띠게 되고, 이를 담아내기 위해서는 다소 긴 형식의 시가 필요했던 것으로 보인다. 그리고 그는 이러한 형식을 소화하기 위한 시적 장치로 민간에 전승되는 민중의 소박한 생활감정을 담은 '아리랑'을 차용한다. 그리하여 이창식 시인만의 독특한 서사성을 띤 '아리랑의 시'가 나오게 된 것이다.

첫 시집에서, 불교와 신화적 상상력을 바탕으로 한 '사모곡'을 노래한 것에서 알 수 있듯이 그의 화두는 '어머니'이다. 모든 것들이 어머니로 시작되어 어머니로 회귀한다. 그는 이 시집에서 "어머니의 화두가 지닌 공유의 친근성"을, 그리고 "효심의 보편적 가치와 모자동행(母子同行)의 이치"를 담아낸다. 차안(此岸)의 세계에서 피안(彼岸)의 세계에 이를 때까지 지극정성으로 어머니와 동행하며 어머니와의 또 다른 만남을 이어가고 있다. 첫 시집이 어머니의 49재에 맞춰 발간된 것이라면, 이번 두 번째 시집은 어머니가 떠난 이후 자신의 삶을 돌아보게 되는 이순에 맞춰진 것이라 할 수 있다. 이 시집에서는 첫 시집의 화두인 '어머니'에서 시적 영역이 좀 더 확장된다. 여전히 어머니의 자장에서 완전히 벗어나지 못하고 있지만, 그럼에도 그는 자신의 어머니에서 타자의 어머니로 시적 포물선을 넓히고 있다. 그리고 시인은 여행을 통해 귀감(龜鑑)이 되는 대상과 만나 끊임없이 자기갱신을 도모하고, 나아가 태어날 때의 값으로 다시 돌아온, 그러나 다른 나로 돌아온 자아를 발견한다.

그의 시적 여정의 근간이 되는 것은 불교적 상상력과 어머니이다. 이를 뒷받침하고 있는 것은 무언가 새로운 것을 계속 찾아나서는 '유랑의식(유목민적 상상력)'과 시적 감성을 돋우는 흥겨운 노래가락인 '아리랑'이다. 때문에 그의 시적 여정은 미로에서 헤매는 유랑이 아닌, 불교적 상상력과 어머니의 자장에 놓여 있는, 신명나는 유랑인 것이다. 이 점이 다른 시인들과 차별되는, 그만의 시세계라 할 수 있다.

2. '어머니의 이름으로'를 넘어

  시인처럼 '어머니'에게 지극 정성인 시인이 또 있을까? 첫 시집 『어머니아리랑』에서 "상당 부분 어머니 심상과 모성애 상상력으로 쓴 시"들을 선보인 그는 독자들에게 "어머니의 가치, 어머니의 창조성, 어머니의 손길의 스토리텔링"을 생각할 수 있는 기회를 제공한다. 불교적 색채를 띠면서도 잠언시의 형태로 이 세상의 어머니의 보편적인 따뜻한 보살핌과 몸을 아끼지 않는 헌신과 지속적인 사랑을 표출한다. 자애로운 어머니인 자모(慈母)의 전형을 보여주고 있는 것이다. 6년 전, 95세의 일기로 생을 마감하였지만 여전히 시인에게 어머니는 떠나신 것이 아니라 함께 "살며 가는" 존재인 것이다.

> 어머니 마음 데리고
> 늦봄 오늘 백두산 천지 보러 가요.
> 눈 속 꽃들도 때를 놓칠세라,
> 온 능선에서 조금씩 수를 놓기 시작해요.
> 어머니 마음이 먼저 와서
> 정갈하게 앉아 초록잎과 말해요.
> 아들아 내 생전에 의림지 함께 걸으며
> 조선 소나무와 우리 셋이 하나로 어울려
> 조근조근 나눈 것처럼
> 의림지 형인 천지를 바라보며

다시 소곤소곤 신화를 말하자구나.
어머니, 행복하지요.
생전에 손잡고 못 왔지만,
늦봄 백두산 천지 눈부신 날에
아들 눈으로 영산(靈山)과 놀아요.
실컷 보세요, 아주 즐겁게 놀아요.
어머니 마음과 함께하는 여행
어머닌 연신 앞서서 아들을 부르지요.
모처럼 마음 속의 여행,
그걸 어머닌 천지 가는 길에 깨닫게 하지요.
어머니, 참말로 고마워요.
마음공부, 늦봄 철잔치하는 백두산에서
제대로 하고 있지요.
천지를 왜 하늘물이라고 하는지 느낄 즈음
어머니 마음, 나비처럼 가볍게
말대로 오르며 숲, 풀, 꽃 금을 긋고
진한 여름 오는 천지 길로 앞서 가지요.
가면서 백두대간 푸른 신화를 노래처럼
아들에게 꼬박꼬박 챙겨 말해요.

─「천지 가는 길」 전문

　백두산 천지를 보러 가는 시인은 이곳에 가보지 못하고 돌아
가신 어머니의 마음과 동행한다. 평소 이곳에 가보고 싶었을 어
머니를 뒤늦게나마 보여드리려고 어머니를 호명한 것이라 할
수 있다. 둘은 마치 살아있는 듯 천천히 대화하면서 천지에 오르
고 있다. "아들아 아들아 내 생전에 의림지 함께 걸으며/ 조선 소
나무와 우리 셋이 하나로 어울려/ 조근조근 나눈 것처럼/ 의림
지 형인 천지를 바라보며/ 다시 소곤소곤 신화를 말하자구나."
라고 어머니는 말하고 있다. 시인은 "늦봄 철잔치하는 백두산"
에서 제대로 '마음공부'를 하고 있는 것이다. 이 시에서 '천지(天

池)'는 중의성을 띤다. 즉, 백두산의 정상에 있는 못이라는 의미와 어머니의 마음을 만날 수 있는 천상계(天上界)의 의미를 지니고 있다. 시인이 이처럼 '천지'를 어머니와 동행하는 것은 어머니에 대한 회한과 진한 그리움을 표출하기 위한 것이라 할 수 있다. 어머니를 늘 가슴에 품고 다니며 정성으로 사모곡을 노래하던 시인은 이제 어머니와 서서히 이별하려고 한다. 생명이 잉태되기 이전의 세계인 원래의 세계로 돌아간 어머니를 편안하게 쉴 수 있도록 하려는 것이다.

자신의 어머니를 끊임없이 노래해온 시인은 시적 영역을 넓혀 타자의 어머니를 목도한다. 자신의 어머니에서 우리의 어머니로, 개인의 어머니에서 모두의 어머니로 대상을 확장하고 있는 것이다. 그리하여 그는 우리들의 귀감이 되고 있는 '어머니'를 서서히 호명하기 시작한다. 특정한 시대나 관점에 사로잡히지 않고, 시대를 초월하여 다양한 시선으로 타자의 어머니를 호출하고 있는 것이다.

산수유 무더기 핀 외딴 집
홀어머니와 외아들 서로 나직한 목소리로
떠나거라 아들아, 세 번 권하다
어머니, 떠날 수 없다고 세 번 사양하다.
불사(佛事)에 솥까지 시주하고
어머니에게 솥 대신
기와(瓦盆)로 밥을 지어올리다
어머니 마음을 헤아린 아들 진정(眞定),
결국 태백산 의상대사에게 안기다.
어머니 돌아가시자 아들 가부좌로 선정 들어
어머니의 깊은 데를 깨닫다.
진정의 어머니를 위한 스승 의상대사 사제동행,

소백산 추동 화엄대전(華嚴大典) 강론하다.
끝나자 아들 진정의 꿈에
어머니 나타나서 나직한 목소리로
나는 이미 하늘에 태어났다(我已生天矣)라고.
지금도 소백산 영춘 비마루사지에는
초파일마다 풀등 하나 달고
가부좌 튼 석불, 눈물 흘러내리다.
산수유 꽃등도 함께 골짜기 가득 환하다.
　　　　　　　　　　 ― 「소백산 추동기(錐洞記)」 전문

　위 시는 진정(眞定)의 효심과 득도에 대한 강한 집념을 엿볼
수 있는 작품이다. 자신 때문에 의상대사에게 가지 못하는 아들
의 마음을 읽은 어머니의 불심과 헌신을 읽을 수 있다. "불사(佛
事)에 솥까지 시주하고/ 어머니에게 솥 대신/ 기와(瓦盆)로 밥
을 지어올"린 진정은 "어머니의 마음을 헤아린" 후 결국 "태백
산 의상대사에게" 떠난다. 이후 진정의 어머니는 돌아가시게 되
고, 의상대사는 돌아가신 진정의 어머니를 위해 진정과 함께 "소
백산 추동 화엄대전(華嚴大典) 강론"을 펼친다. 그 강론이 끝나
자 어머니가 진정의 꿈에 나타나 "나는 이미 하늘에 태어났다(我
已生天矣)"라고 하여 진정은 이후 불교에 더욱 심취하여 의상대
사의 훌륭한 제자가 된다. 진정의 어머니에 대한 효심과 불교에
대한 강한 실천의지를 엿볼 수 있다. 태국 치앙라이 출신 예술가
인 짜럼차이에 대해 노래하고 있는 시도 눈여겨 볼만하다. 그는
어머니 현몽으로 전재산을 다 바쳐 1997년부터 눈꽃사원을 건립
하고 있다. 불교화가이자 건축가인 그는 소년원에 갈 정도로 문
제아였는데, 그가 죄를 씻기 위해 무너져 가는 사원을 허물로 전
재산을 바쳐 이 사원을 짓기 시작한 것이다. 사원의 입구에는 구
원을 열망하는 수백 개의 손들이 있는데, 지옥을 표현했다고 한

다. "백색테러가 눈(雪)을 부셔 꽃절이 되었는데/ 황금색보다 더 순결하다./ 짜럼차이 어머니 죄값이/ 저토록 순백색으로 씻겼구나"라고 표현한 데서, "부처님 뜨락에 하얀 얼굴 어머니,/ 흰 미소 머금고 다시 만날 날 기약하고서/ 돌아서 나오는데 흰코끼리 떼 따라 오다"(「눈꽃사원」)라고 한 데서 어머니에 대한 자애로움과 진한 그리움을 볼 수 있다.

진정과 짜럼차이의 어머니를 노래한 시인은 정조의 어머니인 혜경궁 홍씨에게로 다가간다. 시인은 시 「정조의 어머니, 혜경궁 홍씨」를 통해 젊은 시절 남편 사도세자를 잃고 오로지 아들을 온전하게 왕위에 오르게 하기 위해 모든 것을 인내하고 헌신한 혜경궁 홍씨를 기리고 있다. 남편 잃은 슬픔을 「한중록」에 담아두고, 아들을 임금 되게 하기 위해 모든 것을 감내한, 장한 어머니를 추모하고 있는 것이다. 시인은 "무탈하게 아들 용상에 앉게 하려고/ 부처님 전에 수륙재(水陸齋) 올리듯/ 지극하게 챙기"고, "온갖 감언이설에도 오직 아들 지키고자/ 안으로 울음 삼"킨 혜경궁 홍씨를 통해 진정의 어머니 못지않은 자모(慈母)의 전형을 발견한다. 그리고 자신을 위해 헌신하고 사랑을 아끼지 않은 정조의 지극한 효심도 읽는다. 그는 "당신이 쓴 비망록엔 핏물이 흐르지만,/ 이 아들, 용주사 부처님 자비로 용서하지요"라고 노래하며 아버지(사도세자)를 뒤주에 가두게 하고, 죽음으로 몰고 간 신하들을 응징하려는 마음을 부처님의 자비로 다스린 정조에 대해서도 감탄한다. 이렇듯 시인은 불심이 함축된 혜경궁 홍씨의 자애로움과 헌신, 그리고 정조의 효심을 읽어내고 있는 것이다. 그리고 조선시대 뛰어난 서예가로 이름을 떨치게 한 한석봉의 어머니의 지혜를 읽을 수 있는 시 「한석봉 어머니」와 조부 김익순을 비판하는 내용으로 과거에 급제했으나 조부인 것을 알고 평생 삿갓을 쓰고 다닌 김병연의 어머니의 안타까운 심정을 드러낸 시「김삿갓어머니 이씨」에서도 타자의 어머니를 호명하고 있는 것을 볼 수 있다. 또한 우리나라를 일본의 식민지로 만드는 핵심적인 역할을 한 이토 히로부미를 암살한 안중근 의사의 어머니를 추모하는 시「그때 그 자리 아리랑」과 김구를 훌륭한 독립운동가로 키운 어머니이자 여류독립운동가인 곽낙원을 기리는 시「김구 어머니」도 같은 맥락으로 읽을 수 있다. 이처럼 시인은 끊임없이 시인의 어머니를 넘어 본보기가 될 만한, 훌륭한 타자의 어머니를 지속적으로 호명하고 있다. 이는 자신의 어머니를 넘어 타자의 어머니를 통해 시공을 초월한 어머니들의 삶의 지혜를 얻으려는 시인의 적극적인 의지를 보여준 것이라 할 수 있다.

3. 귀감(龜鑑)에서 귀감(歸感)으로

타자의 어머니를 끊임없이 호명한 시인은 이제 자신의 삶에, 그리고 '지금 여기'를 살아가는 사람들의 삶에 귀감이 될 만한 대상을 끌어온다. 세상의 거울이 되고, 인생의 거울이 된 다양한 대상을 말이다. 시인뿐만 아니라 화가, 민속학자, 승려 등 각양 각색의 대상들을 시로 형상화한 것이다. 여기에는 귀감의 내용을 통해 많은 이들에게 그들의 지혜를 제공하기 위한 의도와 자신 또한 그들처럼 귀감의 대상이 되었으면 하는 욕망이 함축되어 있다고 할 수 있다. 먼저 두보의 고향을 다녀온 후 쓴 시를 보기로 한다.

두보, 당신의 이름으로
당신의 시를 잔잔히 때론 느리게 읽었는데
불심가피처럼 여름 길 위 내 마음 안으로
시신(詩神)을 깊게도 영접하였네.

두보, 당신의 이름으로
당신이 태어난 고리(故里)를 걸었는데
무애무념처럼 뜨락 석류 몇 알
시가 되어 나에게 아리랑으로 들렸네.

두보, 당신의 이름으로
당신의 어릴 적 모습과 회후(廻後)하는데
이심전심처럼 떼구르 굴러온 시 한 장
그 속으로 들어가 당신과 하나 되었네.
                    ― 「두보아리랑」 전문

　두보의 고향을 방문한 뒤 두보와 그의 시에 대해 더 심취하게
된 내용이 잘 담겨있는 시이다. 시인은 두보의 시가 자신의 품에
들어온 과정을 표출한다. 예전에는 두보의 시를 꼼꼼히 읽어 시
신(詩神)으로 대했고, 그의 고향에 방문했을 때는 "무애무념처
럼 뜨락 석류 몇 알/ 시가 되"었으며, 그리고 "당신의 어릴 적 모
습과 회후(廻後)"했을 때에는 "이심전심처럼 떼구르 굴러온 시
한 장/ 그 속으로 들어가 당신과 하나"가 된다. 시인이 두보의 삶
과 문학에 완전히 동화되었음을 보여주고 있다. 그리고 그는 "가
을술 백취웅께/ 올리는 예술잔치,/ 청풍강 굽이굽이/ 옥소산 뭉
게뭉게/ 간곡히/ 잔 올리는 뜻 감응으로 통하소서."(「옥소(玉所)
를 위한 풍류시조」)라고 노래하여 관직보다는 문학쪽을 선택하
여 일생을 탐승(探勝) 여행과 문필 활동으로 보내며 많은 문학작
품을 남긴 권섭을 기리는 시를 발표하기도 한다. 이처럼 그는 귀

감이 될 만한 시인을 찾아 시로 형상화하고 있다.

그리고 시인은 운보 김기창 화백을 모셔놓은 운보미술관을 다녀온 느낌을 적기도 한다. 어릴 적 청력을 잃은 운보는 '바보'처럼 하늘과 대화하며, 어린 아이들의 세계를 그리는 작품을 남긴다. "아뿔사 방귀소리 전혀 듣지 못하고/ 더구나 천둥소리 눈치채지 못하고/ 때론 덩달아 마음으로 느끼는구나."(「바보그림」)라고 노래하여 운보의 깊은 뜻을 헤아린다. 그는 "마음으로 느끼는" 것의 중요성을 깨닫는다. 이를 통해 자신의 학문과 창작에 대한 자아성찰의 계기를 마련하기도 한다.

또한 시인은 민속학(민요)의 개척자이자 권위자인 임동권 박사를 추모하는 시를 발표한다.

> 민요에 일생을 묻은 당신,
> 일제강점기의 참된 민족시를 찾아서
> 먼 민속 뒤란길로 나선 당신,
> 소설 쓰고 싶은 초심도 버리고
> 겨레의 소리, 아리랑에 빠진 당신,
> 그 고단한 발품 모아
> 지금, 당찬 민요박물관 한 채 지어놓고서
> 훌훌 떠나신 당신,
> 영원히 살 민요학 길 만든 것처럼
> 그 길로
> 월산(月山) 그늘, 뭇산들이 따르고 있다.
> 온 듯이 다시 간 듯이 무수히
> 강릉단오굿판의 영산홍,
> 섬 아낙의 산다이, 해녀소리
> 부여 산유화, 상주 모노래
> 그 흐드러진 소리 뒤로 잔뜩 남겨놓은 당신,
> 민속학의 큰 스승,

삼가 경배하는 앞에
상여소리가 만장처럼 펄럭이고 있다.
옷깃 여미고서 큰달뫼 바라보며
극락왕생 축원가와 같은
월산아리랑을 다같이 부르고 있다.
    —「월산민요박물관—임동권 박사 영전에」 전문

위 시는 평생을 민요에 몸담은 민속학자인 임동권 박사에 대한 헌사라 할 수 있다. 시인은 일제강점기 참된 민족시를 찾아 먼 민속 뒤란길로 떠난 당신을, "겨레의 소리, 아리랑에 빠진 당신"을 무척 그리워한다. "강릉단오굿판의 영산홍,/ 섬 아낙의 산다이, 해녀소리/ 부여 산유화, 상주 모노래" 등을 오롯이 되살려 놓은 데서 그의 진가를 발견할 수 있다. 그리하여 그는 "극락왕생 축원가와 같은/ 월산아리랑"을 부르고 있다. 그리고 시인은 같은 민속학의 길을 걸어온, 비교민속학의 기틀과 대들보를 마련한 최인학 박사의 팔순을 기리는 시를 발표하기도 한다. "동심동화의 집문살에서 마당까지/ 손수 넓힌 게 보"이는 집, "달을 먹어 환하게 정갈한 집"(「공부집」)을 지은 학자의 삶과 학문적 성과를 높이 평가하기도 한다.

불심이 깊은 시인은 승려들의 삶을 통해 많은 깨달음을 얻는다. 그는 이차돈의 순교비를 보며 불교의 정착을 위해 목숨을 바친 이차돈의 숭고한 뜻을 본다. "목을 버려 오히려 영생을 얻은" 이차돈을 보며, 그를 통해 "때로는 소중한 걸 버릴 때/ 더 나은 세계를 밝히는 길이 되는 법"임을 깨닫는다. "꽃나운 나이에 꽃보다 더 아름다운 사람"의 길과 "장엄한 소멸도 거듭 생명나무로 사는 법"(「이차돈순교비」)의 소중함을 느끼게 된다. 그리고 제천의 송화사 주지인 경암 스님을 칭송하는 시를 쓰기도 한다.

현재 제천문학의 한 축을 담당하고 있는 제천문학회의 결성과 『제천문학』의 창간에 많은 기여를 한 스님의 숭고 정신을 배우려 하고 있다. 경암 스님은 1973년에 제천시 봉양읍 팔송리에 송화사를 짓고 포교를 시작하여 1993년에 노목계곡 옆으로 이전하여 중창불사(重創佛事)하였다. 이 절은 2006년에 대한불교 불입종(佛入宗) 총본산으로 승격되기도 하였다. 오로지 불심으로 송화사를 지키고 있는 경암 스님을 통해 깨달음을 얻는다. "당신이 있었기에 올곧게 꽉찬 골안절"이라고 하고 "산문 밖 문이 없는 곳에도 당신"(「송화사아리랑」)이 존재한다고 노래한다. 이처럼 시인은 이차돈과 경암 스님 등을 통해 그들의 숭고함을 읽고 있는 것이다.

'지금 여기'에 귀감(龜鑑)이 될 만한 시인, 화가, 민속학자, 승려 등의 숭고함과 치열함을 발견한 시인은 귀감(歸感)으로 나아간다.

> 겨울 깊은 시간에 드디어 가우디 당신을 보았다.
> 비스듬한 쌓기, 기둥의 물구나무서기
> 하늘빛과 파도자락 동시에 때렸다.
> 동화 속 도마뱀처럼 놀고 있는 당신,
> 구엘성채마다 꿈을 품은 당신 생각을 찍었다.
> 예전 몬세라트 바위산에서 얻은 기도영감.
> 스페인의 얼굴인 성가족성당으로 그려내었다.
> 잠시 당신의 상상학교에서 넋을 놓으며
> 구엘의 돈과 당신의 치명적인 마음을 읽었다.
> 카사바트요에 흐르는 바다
> 산이 춤추는 카사밀라
> 성가족성당 안에서 갇혀 길을 잃었다.
> 순간 신비체험이 끝나자 벅찬 빛이 차오르고

내 심연에는 몬세라트 마리아 어머니
관음보살 어머니 겹쳐 들어왔다.
오, 당신의 발칙한 미래를 장엄하게 잡았다.
　　　　　　　　　　　　　　　— 「상상학교」 전문

　위 시는 스페인의 최고의 건축가 가우디가 지은 건축물이 있
는 곳을 "상상학교"라고 노래하고 있는 작품이다. 시인은 신비
하고 경이로운 건축 풍경에 넋을 잃는다. 대부분의 건축물에서
볼 수 있는 직선이 아닌 곡선의 미를 잘 살리고 있는 가우디의
건축물을 통해 '상상학교'를 꿈꾼다. "비스듬한 쌓기, 기둥의 물
구나무서기/ 하늘빛과 파도자락 동시에 떼"리는 모습과 "동화
속 도마뱀처럼 놀고 있는 당신"의 모습을 보며 초월적 상상을 경
험한다. 가우디가 만든 상상학교의 신비체험이 끝나자 시인은
"몬세라트 마리아 어머니"와 "관음보살 어머니"가 시인의 내면
깊숙이 들어오는 것을 보게 된다. 동서양의 종교가 하나가 되는
것을 시인은 느낀 것이다. 또한 시인 자신과도 일체가 된다. 가
우디의 신비한 건축물을 통해 "하나"의 의미를 깨달은 것이다.
그리고 덴동어미의 인생유전의 삶을 "화전놀이"의 흥거운 삶으
로 노래하고 있는 시 「덴동어미아리랑」도 감성을 자극한다고 할
수 있다. 덴동어미의 파란만장한 삶을 통해 '지금 여기'에서의
불행을 이겨내려는 의지를 보이고 있는 작품이다. 첫 남편이 그
네를 타다 떨어져 죽게 되는 슬픔을 겪게 된 덴동어미는 이후 세
번에 걸쳐 재혼했으나 결국 일이 풀리지 않아 실패로 돌아간다.
남편이 죽을 때마다 따라 죽으려 했으나 많은 여성들의 위로와
도움으로 생을 이어가게 된다. 고향인 순흥으로 "연어처럼" 회
귀한 그녀는 고향사람들의 따뜻한 보살핌으로 삶의 의욕을 되찾
는다. "흔들리지 않고 피는 꽃이 없"듯, 시적 화자는 파란만장한

삶으로 생긴 상처를 "화전놀이"를 통해 상처받기 이전의 삶으로 피어나기 시작한 것이다. 그녀는 '지금 여기'에서의 불행은 불행도 아니라는 듯, 화전놀이에서 자신의 슬픔을 주체하지 못하고 눈물을 흘리고 집으로 돌아가려는 청상과부에게 자신의 역경을 들려주고 위로하는 과정을 통해 자신의 불행을 극복하고 있는 것이다. 텐동어미 설화를 통해 '지금 여기'에서의 슬픔과 절망을 이겨내려는 감성적인 접근을 볼 수 있다. 제주도를 창조했다고 전해 내려오는 여신인 설문대할망에 대해 노래한 시인 「설문대할망 아리랑」도 같은 맥락에서 읽을 수 있다. 설문대할망은 제주도의 지형과 연관되어 전해 내려오는 신화 속 여신으로, 우리나라 대표적인 창조신에 해당된다. 이 여신의 이름에는 "한라산의 높이와 제주 바다의 깊이"가 있다. "천둥과 번개도 잠재우고/엄청난 파도와 홍수"도 잠재우는 전지전능한 힘을 지니고 있다. 설문대할망을 통해 "누구나의 어머니"의 넉넉한 품성과 따뜻한 온기를 느낄 수 있다. 그는 과거와 현재뿐만 아니라 앞으로 다가올 제주도의 "오래된 미래"와 함께 하고 있는 것이다.

4. 회귀에서 생성으로

이순을 맞이하는 시인은 삼척 고향에서 서울로, 서울에서 제천으로 살아온 삶들을 반추한다. 고향에서 유년시절을 보내고 서울에서 학창시절을 지낸 그는 제천에 내려온 지도 벌써 20년을 훌쩍 넘기게 된다.(제천에 관련된 시로는 「하얼빈아리랑」, 「큰소나무」, 「사뇌가—전인혁군과 그의 어머니」, 「의병의 날 노

래」, 「순교행」, 「박달재 아리랑」 등이 있다.) 제천에 거주하며
학자의 길과 시인의 길을 걸어온 시인이 이순이 되자 자신의 심
상지리인 삼척을 배경으로 한 시들을 표출하기 시작한다. 어쩌
면 이순을 맞이하는 시인이 처음에 시작한 삼척에서 다시 새롭
게 시작하려는 의지를 보이는 것인지도 모른다.

> 두타산은 백두대간의 장손이다.
> 두타산은 절집 한 채 알부도처럼 품고 있다.
> 절집 극락보전 마음 속 님 뵈러
> 제왕운기 지고 천은사(天恩寺)로 간다.
> 눈부신 절숲 오르는 길에 고려 돌절구,
> 밑바닥 뚫여 용안당 대장경이 보인다.
> 다람쥐 두 마리 돌절구 모서리를 깎고 있다.
> 깎아진 책갈피, 나뭇잎으로 날리고 있다.
> 고려 하늘이 뚫린 구멍 사이로 다시 보인다.
> 제왕운기 읽으며 천은사 돌계단을 오르자
> 나무물길이 물레방아를 돌리라고 한다.
> 산멕이하던 고려 사람들 풀이 되고
> 약초 캐던 삼척 사람들 쉬움산 돌이 되어
> 때론 물이 되어 천은사 고려정원에서 놀고 있다.
> 제왕운기 붓날이 천은사 깊은 마당을 쓸고 있다.
> ─ 「천은사 가는 길」 전문

천은사는 이승휴가 7언시와 5언시로 된 『제왕운기』를 지은 절
로 유명하다. 『제왕운기』는 당시 대내외적으로 정치적, 사회적
현실에 대한 회의와 함께 새로운 사회의 희원(希願)을 시로 적은
것으로, 정치, 사회의 윤리를 역사를 통해 바로잡으려는 저자의
의지가 담겨 있는 책이다. 이곳에서 시인은 시공을 초월하여 "고
려 하늘"을 보고, 그곳의 풀과 쉬움산 돌을 통해 이전의 사람들,

"산멕이하던 고려 사람들"과 "약초 캐던 삼척 사람들"을 떠올린다. 시인은 이승휴가 다른 곳이 아닌 천은사에서 당시 정치, 사회의 미래상을 담은 『제왕운기』의 새로운 역사의식을 보고, 이를 고향인 삼척사람들의 미래상과 연결시키고 있다. 천은사가 품은 과거와 현재, 미래의 모습을 통해 삼척의, 삼척사람들의 희망찬 미래를 선취하려는 시인의 욕망을 읽을 수 있다.

그리고 일제강점기 삼척 원덕읍 임원에서 일어난 농민항쟁사건을 통해 역사적 아픔과 슬픔, 그리고 역사적 자부심을 느끼기도 한다.

> 동해 인연 꽃으로 오소서.
> 1913년 4월 그 날의 함성에는 해당화가 핀다.
> 마을마다 집집마다 끝 없는 울음소리
> 누구나 할 것 없이 조선낫과 갈구리를 들고
> 새날의 남화산 아침을 위하여
> 징을 두드린 소리가 들린다.
> 그대들의 용솟음 쳤던 외침
> 그대들의 핏발선 분노의 눈동자
> 임원리의 서슬퍼런 꽃이고 거센 파도였다.
> 그 날 민족사의 불꽃
> 삼척 사람답게 거세게 지폈다.
> 일제 부당측량에 맞서 승리깃발 드날리며
> 동해 임원항 희망의 닻줄 올렸다.
> 그 날 그 절체절명의 순간에도
> 막연한 안일보다 질풍의 대동정신으로
> 주먹 붉게붉게 움켜 쥐었다.
>   ─「임원리」일부

일제의 부당한 측량에 저항하여 일어난 임원의 농민봉기는

"절체절명의 순간에도/ 막연한 안일보다 질풍의 대동정신으로/ 주먹 붉게붉게 움켜 쥔" 사건이었다. 시인은 일제의 극심한 탄압 속에서도 "전의로 이글거리는 가슴 불심으로 다독이면서/ 항거의 깃발 아래 임원아리랑"을 부른 농민들의 숭고한 넋을 기리고 있다. 지금까지 제대로 그들의 넋을 위무하지 못한 것을 반성하며 "영원히 불성(佛性)으로 사는 그대들"과 지금 여기를 살아가는 이들과 "하나"가 되길 희망한다. "수륙재아리랑"을 통해 그들의 숭고한 영혼을 영원토록 기리고자 하는 마음을 담아내고 있는 것이다. 그는 남화산 길 "해당화"처럼 붉고도 강렬한 선조들의 저항정신을 숭고하고 아름답게 "환생"시키고 있는 것이다.

역사적 현장을 소개한 그는 '삼화사'로 들어간다. 그는 삼화사에서 어머니와 자신이 힐링이 되고 마음의 힘을 얻게 된 것을 노래한 시 「삼화사 친견기」를 발표한다. 이곳의 국행수륙대재가 중요무형문화재로 지정되고, 의례집인 『천지명양수륙재의 찬요』 덕주사본(1579)과 갑사본(1607)은 2011년 6월에 강원도 유형문화재와 문화재자료로 지정되기도 하였다. 중요 문화유산이 있는 절 삼화사를 통해 삼척의 고유성과 중요성을 드러내고 있다. 이외에도 삼척을 예찬하고 있는 시 「삼척아리랑」과 죽서루에서의 첫사랑을 떠올리는 「첫사랑 죽서루」, 그리고 삼척에 있는 수로부인공원에 대해 노래하는 「수로부인공원」 등이 있다. 또한 고향 친구들과 격의 없이 지내는 풍경을 노래하기도 한다.

> 보름달이 강남스타일로 춤추다.
> 죽마고우, 아, 씨동무
> 동무 동무 씨동무 보리가 나도록 씨동무
> 씨알아리랑 부르며
> 쉰세대도 80년대 넥타이를 이마에 매고

말뚝박기 하듯이 말춤을 추다.
신나게 하나가 되다.
실컷 웃다가 바보처럼 보름달이 되다.
우리들도 싸이처럼 삼척스타일로 춤추다.
오징어 불 위에서 구워지듯이
촌티 풀풀 날리며 달, 보름달을 먹다.
노가리 먹듯이 질근질근 씹으며
환하게 마음을 비우는 추석날,
생기발랄, 자체발광 세상을 밝히다.
　　　　　　　　　　　－「추석 귀향」 일부

　추석 명절을 맞아 고향에 돌아와 모처럼 친구들과 편안하게
즐기고 있는 시이다. 나이를 먹어감에 따라 고향친구들은 '원래
의 상태'로 회귀하려 한다. "동무 동무 씨동무"들이 모여 싸이의
"강남스타일"의 가락에 맞춰 "삼척스타일"로 춤을 춘다. 이로 인
해 "생기발랄"해지고, 친구들의 모습이 모여 "자체발광 세상을
밝히"고 있는 것이다. 고향 친구들과의 만남이 소중한 것은 가식
과 체면과 권위가 무화된다는 점이다. 시인은 '지금 여기'의 현
실에서 요구되는 경쟁도 보이지 않는다. 유년시절에 익숙한 "삼
척스타일"의 내용과 형식이 존재하는 그곳으로 회귀하고 있는
것이다.

　시인은 단순히 고향으로의 회귀를 꿈꾸지 않는다. 이순을 맞
이해 고향으로 회귀하려는 그는 그곳에서 새로운 전환점을 마
련하려고 한다. 시인은 그곳에서 지금까지 살아온 삶이 '지천명'
이나 '이순'과 다른 삶은 아니었는지, 과도하게 집착은 하지 않
았는지, '자신'만을 위한 삶을 영위한 것은 아니었는지를 반추한
다. 그리고 그는 "눈발에도 눈 뜨고 가라고/ 어둠에도 눈 뜨고 살
라"(「목어루」)는 목어의 가르침대로, "진정 마음의 눈 뜨기"를

간절하게 욕망한다. 이렇듯 귀감의 대상을 찾고 회귀를 넘어 '생성'을 도모하려는, 시인의 유쾌한 유랑의식이 그만의 아름다운 시인의, 시의 길을 만들고 있는 것이다. 앞으로의 그의 시적 여정이 궁금해지고 기대되는 것은 이 때문이다.

이창식

세명대학교 인문예술대 교수, 첫시집 『어머니아리랑』(2011) 있음, 『포스트모던지』 이성교시인 등 추천 등단. 두타문학 동인.
010-6430-1206

그림: 박정우 정우갤러리 010-3734-405

눈꽃사원

초판 1쇄 인쇄일	2017년 12월 27일
초판 1쇄 발행일	2017년 12월 28일

지은이	이창식
펴낸이	정진이
편집장	김효은
편집 / 디자인	우정민 박재원
마케팅	정찬용 정구형
영업관리	한선희
책임편집	우정민
인쇄처	국학인쇄사
펴낸곳	국학자료원 새미(주)
	등록일 2005 03 15 제251002005000008호
	서울시 강동구 성내동 447-11 현영빌딩 2층
	Tel 442-4623 Fax 6499-3082
	www.kookhak.co.kr
	kookhak2001@hanmail.net

ISBN	979-11-88499-26-7 *03810
가격	15,000원